贾平凹小说精读书系

晚雨

贾平凹 著

陕西师范大学出版总社　西安

图书代号　WX24N0881

图书在版编目（CIP）数据

晚雨／贾平凹著. -- 西安：陕西师范大学出版总社有限公司, 2024. 7（2024. 9重印）. --（贾平凹小说精读书系）. -- ISBN 978-7-5695-4503-6

Ⅰ. I247.5

中国国家版本馆CIP数据核字第2024V0E404号

晚 雨
WAN YU

贾平凹　著

出版统筹	刘东风	
责任编辑	宋媛媛	
责任校对	彭　燕	
封面设计	周伟伟	
出版发行	陕西师范大学出版总社	
	（西安市长安南路199号　邮编710062）	
网　　址	http://www.snupg.com	
印　　刷	陕西龙山海天艺术印务有限公司	
开　　本	787 mm×1092 mm　1/32	
印　　张	4.375	
插　　页	4	
字　　数	70千	
版　　次	2024年7月第1版	
印　　次	2024年9月第2次印刷	
书　　号	ISBN 978-7-5695-4503-6	
定　　价	46.00元	

读者购书、书店添货或发现印刷装订问题，请与本公司营销部联系、调换。
电话：（029）85307864　85303629　传真：（029）85303879

目录

晚

雨

三月的太阳已经暖和，天鉴回过头来的时候，脸上是一片尴尬的笑。"我这……能行吗？"一股风却无根生起，收拢了枯叶旋柱远去，汩汩的流沙便埋没了一双深面起跟的皂靴。天鉴的笑越发硬了，又说一句："我能行吗？"

被风吹得趔趄倒地的同伙，一个俊脸的小匪，正靠了系着毛驴的那株野桃树。好劲的风呀，桃树骤然黑瘦，活活的流水里花瓣混合了已经浸润开来的血团，如霞云行天，小匪为从未见过的奇艳发呆，听了天鉴的问话，呸呸嘴里的飞沙，突然跪下来，一脸严肃庄重了："老爷，你行的！怎么不行呢，谁敢怀疑你不是知县呢？！"

天鉴看着跪倒在脚下的同伙，那一声"老爷"，陡然振作了人生的尊严，头一点动，像两把铁铲似的帽翅闪忽起来，顿时感到整个身子都要往上升，哎呀，天鉴几乎要长啸起来了，这官服在身真的从此就是老爷了吗？河的上游，那莽莽苍苍的山峦之中真的有一个竺阳县城，百姓引颈翘望的新一任的知县老爷就是我了吗？天鉴抓起一把沙子来，开始搓褪着手上凝滞的血斑，看着小匪，俊白的还带着稚气的脸面是布满了真诚，但头顶的太阳还红，河对岸的狼还在坐着，沉沉的河面上虽恢复了平静，没有了那主仆二人的尸体，唯有一截断残的芦苇很高地跌了一下，倏忽消失，而咬噬过了那崖根的水波又把吐出的沫泡一层一层涌到这边沙滩来了，直到脚下。天鉴用脚去踩踏，沫泡随即破灭，没有叭叭声响，却无声无息地空寂，不知怎么，那一层无名状的疚痛又一次掠上心头了。这样的疚痛天鉴是从来没有过的，落草为寇，呼啸山林，杀过多少人，甚至砍滚脑袋了还撬开嘴巴要敲下一颗嵌了金的牙，天鉴吃饭睡觉依然心平气和，而现在却觉得自己实在对不起了这份冠履的主人。天鉴的目光渐渐地褪了色彩，还是摘下来箍得头皮发麻的硬壳帽子，把鬓发已绾得紧紧的那个角儿又解散了。

"大哥，"俊脸的小匪叹着气，"你真的不去了？"

天鉴摇着头，脱下官服，缠了原本的素常包巾，将散在地上的碎银一把一把往怀里装，说："兄弟，你搬那一块石板过来，蘸血写上'天鉴杀了竺阳令！'免得竺阳百姓苦等。"

小匪没有动，天鉴就去搬那石板，后襟恰挂在一桩毛柳根茬上，他搬了石板要走，走不动。"兄弟，是屈死鬼要作祟了！呸呸，天鉴是不该杀你的，可你为何要是县令呢？天鉴拿这些银子是要给你刻个木身造座坟的，你还不饶吗？兄弟，你也唾一口吧，朝天唾唾，这死鬼就不纠缠了！"一用劲，哧啦一声，半个后襟留在毛柳根茬上，天鉴连人带石板窝在浅水沙里。"大哥……"小匪又一次叹气了。

天鉴回过头来，已发现了挂着破布的毛柳根茬，却还是说："真是死鬼作祟哩，你瞧瞧那狼还在卧着，这恶物一定鬼魂附体了，它什么都看见了，什么都知道的。"

这是一条向西倒流的河，当他们得手的时候，一举头就发现了河的对岸有了一只狼的。狼毛纯白，一动不动地朝这边看着。天鉴担心狼会泅了水扑过来，提了板刀准备着，但狼没有过来。而他们大声呐喊，甩石头掷打过去，狼并未惧怕离去。隔着一条河，两相无碍，小匪已经忘却狼的存在了，听了天鉴的提起，他也懒得去看，只想要给天鉴说话。

小匪说："大哥，人骂咱是土匪强盗，你也觉得做那官人不配吗？"

天鉴说："不是。"

小匪说："大哥，你是觉得咱野惯了的人不会治理吗？"

天鉴说："不是。"

小匪说："大哥，你这也不是那也不是，官服已经穿上了，为什么就不去做呢？为匪为盗快活是快活，可哪里有人的光明正大？咱是杀了那一主一仆，杀了人为的是从此不再杀人，咱改邪归正也不行吗？！"

天鉴的后背明显地痉挛了，要拧过头来，却没有拧过来，还是盯着河对岸的那只狼。小匪终于垂下眼皮，目光落在了插在沙中的那柄板刀上，刀上的血并没有凝固，有一注正沿了刃口黏腻腻如蚯蚓往下蠕移，他的目中已有两颗泪珠出来了。

小匪说："我知道了，大哥！你是担心这件事有一日会败露吗？！"

天鉴回过身来，盯住了小匪。小匪说："兄弟比你年幼，知人阅世不多，可兄弟知道这个尘世上唯有当官才能活出你想活的人来！大哥有这个能耐，大哥就应该去，今天这宗事天地知道天地不言，鬼魂狰狞鬼魂说不了人语，说话的只有你我，你到了县衙只要不醉酒，没有可担心的，兄弟这一条命十五岁起被你捡起，虽然有口，也会给你守口如瓶，保你成功的！"说毕，一把抓了板刀，就那么跪着，猛地把颈抹了。

天鉴急扑过来，一颗头已咕噜噜滚在沙窝，那半截身子还在跪着。沙滩上，如木如石，一句话也说不出来了。今日的中午，当他们躲在草丛里眼看着太阳已经老高，还没有一个行人经过，两人就烦得大骂起来，发狠今日要是得手，一定要到山下的镇上啃他一个熟猪头，喝个烂醉，睡一大觉起来了再往州城的局子中去，这个兄弟，甚至还提到去烟花楼，要补偿这半日的难熬罪过。偏这时，猎物出现了，一看见毛驴后的人挑了沉甸甸的担子，兄弟就跳将出去，横刀断路。谁能想到来的竟是竺阳县令，且晃了官帽以势震吓，痛骂土匪强盗胆大妄为。

不晃那官帽还罢，晃了官帽两人心里都陡地闪动了。兄弟笑道："大哥，这县令好威风，咱抢他干甚？竺阳县是新设的边远小县，你何不充了他走马上任？！"原本是不杀人的，得些财物便了，既然如此，就立逼着县令的名姓年龄，籍贯身世，一刀杀戮了。而到了现在兄弟也死了，多么好的兄弟，十五岁与他天鉴同伙，逛野山，入荒林，风高月黑，打家劫舍，身手捷快的兄弟就从此再没有了吗？入局中呼红叫绿地赌掷的兄弟呢？串巢窝，闯勾栏，插科打诨的兄弟呢？天鉴要做官，才一要做就得死了那主仆二人还要死一个兄弟吗？

但天鉴，到了这步田地，不得不坚定着自己，去做官了。

天鉴站起来，再一次穿上了官服，宽大而沉重的绣着团龙的长衣，使他只能耸了肩，竭力把身子挺直，同时感觉到胳膊和腿僵硬麻木，脑子也疑疑惑惑：从此就是官人吗？从此踏上仕途这又会是怎样的一条路呢？天鉴突然膝盖发软，一下子坐在了沙滩上，坐下来，一切都安静了，他轻轻地捧起了只有个头颅的兄弟，兄弟的眼睛还在睁着看他。天鉴用手淋水，轻轻地洗起头颅上的血迹，一粒一粒掏净着头颅的口里鼻里耳里的沙子。当他把干干净净的头颅和那截身子放进河里的时候，他看见河的对岸，那只毛色纯白的狼站起来，慢慢地走了。

"兄弟，兄弟……"

天鉴抓起板刀，重重地抛进河中去了，他在沙滩上磕下了三个响头，一个响头给他的忠诚的兄弟，两个给了那一主一仆。随后，一步步走近野桃树，解下了毛驴的缰绳，同时也折下了一根桃枝，桃枝可以驱赶邪气，他挥舞着，也驱赶着心里的胆怯。

离开了白沙黑石的西流河滩，天鉴真正是新上任的竺阳县令了。翌日午时到了城南十里，早有县丞、观察、吏目、巡检及一帮地方绅豪在那里等候了三日。当下官轿接了，前面是"肃静""回避"两面宣牌，两边是数十人齐摇铃杵，日落云生，入了城门，进了衙内，接连是三天三夜宴席，揖拜，和络绎不绝的送礼恭贺。天鉴想，这套官服在身，果然没人敢怀疑我的来路，一颗慌恐之心安妥，手也有地方放了，脚也有地方放了，便将塞满了一个小屋的老酒陈醋，丝绸布帛，古董字画以及山货土产一尽儿赏了衙内大小公干，赢得上下叫好，一片欢呼。

一日，天鉴起得特早。天鉴是没有贪睡的习惯的。知县的卧床是棕丝编织，天鉴睡得腰疼，尤其那团花枕头枕着太热，第三日就捡了一块砖来享用，眼里才褪了红丝。街上的巡更敲了第四遍木梆，他便醒了，醒来迷糊中以为还在山神庙的香案下，伸脚就蹬他的兄弟，蹬空了，方清白事体，无声地笑了。环顾着偌大房间，明白了那一块泛着白光的方块是纸糊的窗户，却又觉得那是卧着的白狼的模样，立即翻身坐起，点了灯檠，看着挂在胸前的桃木棒槌将心慢慢静定。这样的幻觉，天鉴已有几次了，总感到那只白狼在看着他，他只有将那根桃枝削成小小的棒槌戴在衣内的胸前，甚或在衙堂上也时不时按按胸衣。正是这种幻觉的产生，天鉴越发不敢贪睡，披衣起来看公文典章。弃邪归正，有心立身立德，做一番政绩，熟悉官场事务，掌握仕途行情成了他火急火燎之事，但天鉴字识得不多，看那些公文典章不到一个时辰就要分神，视满纸上蚂蚁爬动，骂一声娘的，便独自踅出后院，走到衙门外去了。

竺阳城实在不能算城，没有护城河沟，也没有城门箭楼，一圈灌了米浆板筑而起的土墙围了，便是城里城外之分，四面是山的一个瓮底所在，仅一条横着的瘦街，那日坐轿进来，街道恰恰通过轿子，欢迎的百姓全挤在了木板门面房的石条台阶上，或者门道窗口。最使天鉴不解的是城区竟在南山坡根，县衙大门端戳而出，两边砌了低矮土墙，一溜斜坡直到西流河边，使街道莫名其妙地拐一个"几"字。天下衙门朝南开，竺阳衙门却朝北开，怪不得第一任知县不到期限患一身癞疮走了，第二任竟是他天鉴轻而易举到来。天鉴一面感叹着奇异，一面也庆幸不已了。

天鉴站在衙门口，那门前的慢坡高出整个街面，就一眼远眺到街的东西尽头了。此时街上的雾已经弥漫，能看得见从东头的那座石拱的小桥上灰白色的东西如潮头一般卷过来，立时整个街房就下半截虚无缥缈，如天上仙阁。那雾还在涌，天鉴就在雾里了，他响响地打个喷嚏，看不见了前边三只两只游动走狗。这雾是哪儿来的呢？是西流河上生发的，还是城后鬼子谷生发了从小拱桥下的暗洞来的？反正天鉴上任了十天，十天里天天在黎明时起雾，雾要笼罩一个白天。天鉴问过那个跛腿的衙役，衙役说："这雾好。"怎么个好法？衙役说："老爷您一上任，竺阳人丁要旺哩！"说完倒有些脸红。再问，才知道这一带百姓有一种惯有的见识，每有浓雾整日不散，或是雨水连绵，便认作是天地发生恋情交合了，这个时候，活人就效仿天地，性欲发作，房事频繁，要借了天地选择的吉日生孕传宗接代的儿女来。天鉴听罢就笑了，笑过之后却长长一声浩叹。在这大雾弥漫的天日里，竺阳县的人都淫浸于情爱之中，而一个堂堂的知事老爷，却光身一人在那偌大的房间冷清了。天鉴当然不能说他没有家小，他以盐希运的名分到了竺阳，在江南的那个水乡里，仍是有一个新婚不久的娇妻的，天鉴也就在那一日中午书了一封告诉已到任的家信，并亲手交给跛腿衙役让他送邮差捎回故里。那跛腿衙役还说了一句："老爷也想妇人了！"

天鉴看了一阵，雾浓得扯不开，不禁百无聊赖，要待回转，忽隐隐听得有人说话，到后声音就在近旁，是一个男人在叫："王娘，你能走得快些吗？"有女人就说："走不快的，脚缠得这么小，你又不肯牵了驴子坐。"男的说："我哪里有驴子？有驴子就能换个老婆的，也不会求着你了。"女的说："那你背着我。"男的不言语了，有几步脚响，复又脚步响过去，说："这使不得的。"女的就咯咯笑："我知道你不敢的！"天鉴想，这是一对什么人？头明搭早地在这里说浪话，莫非天雾之日，不三不四的男女淫情泛滥，在夜外野合了趁天未亮偷回不成？拿眼就往街上看，看不见人影在哪里，一低头，恰三步之外，那东边颓败矮墙的残缺处，探着了一张明艳的粉脸。天鉴冷不丁一怔，身子不觉地摇晃了。在天鉴的感觉里，这女人是从低矮那边行走，稍不经意地在残缺处一探头，看见了他，也看见了他在看她，必是一脸羞赧忙缩了头去急跑的，但天鉴再一次看时，女人竟没有缩头，倒吟吟地冲他一个笑了。

天鉴生长这般大，没有接待过一个女人，落草为寇的岁月里，他最企盼着有一日在荒山野岭里遇见一个女人，但一次掀翻了一顶小轿，满以为可以掠得金银财宝，一提那一团丝绸，里边竟滚出一个粉黛来。那粉黛并没有吓得昏死，也没有破口大骂，只是两只杏眼光光地盯着天鉴，天鉴就无措了，他不知怎么受不了那眼光，抽身就跑，连到手的财物也全丢脱。俊脸的兄弟那时就戏谑过他："大哥究竟是要招安的！"

现在的天鉴不是招安，主动入了官场，是赫赫的一县知事了，见女人不免还是发窘。天鉴咳嗽了一下，稳了心，第一回盯住了女人了。

天鉴说："你……"

天鉴没说下去。该怎么说呢？说：那荒草地里的露水打湿了鞋吗？也打湿了裤带吗？光油油的头是在城外抹了唾沫重梳的吧？还插了一朵花儿，雾这么大还要给谁看呢？又是随手扯了哪家篱笆上的蔷薇呢？这些天鉴说不出口，但在天鉴的眼里，竺阳县的风俗当然不能说不对要禁止，而天雾天雨之日是夫妇做爱良日，难道也允许无序淫乱吗？知县的职权第一便是教化百姓，宣朝廷之德化以移风易俗，孝子节妇当以表彰，伤风败俗则要革面洗心啊！

可女人却说："你是知县老爷吗？"

一句话倒将天鉴噎住了，傻眼看着女人双手攀了残缺处要让身子更高出些，土墙太糟，攀了几攀没攀上来。

女人说：“你就是知县老爷！那日进城我看见过你的，有一个火绳扔到你身上，吓了你一跳的，那就是我，我认识你了！”

是有这么回事。天鉴的轿才进城，正好是山的窄道，没有房舍，百姓一层一层挤坐在山坡的塄坎上看热闹，天鉴揭了轿帘往上一瞧，瞧着的全是脚，就觉得这城不像个城，而这里的百姓令他喜爱了。刚到了有门面房的街口，一个女的在人窝里挤，挤出来了，一手举了大红爆竹在半空，一手提了火绳往捻子上点，身子就后仰如弓，浑身颤颤地几次点不着，好容易点燃了，四旁人喊：往天上甩！女的甩出去的竟是火绳，火绳落在知县老爷的身上，爆竹在女的手里爆响了。如果这女人真是放爆竹的女的，天鉴心里生了可怜，但是，一个妇道人家，既然知道面前的是知县老爷，敢这么露脸儿直问，天鉴倒觉得深山野沟的竺阳女子不如山外女人有礼教的。

“你认不得我了？”女人见天鉴没有反应，似乎有些失望，“老爷怎么还能记得我呢？”又一阵脚步声，那男人的声音又在问了："王娘，你在和谁说话？"女人侧头招手道："快来，快来，是知县老爷！"残缺口果然冒出一个光脑袋，一瞧见天鉴，扑通一下便没有了。女人说："隔着墙，你给老爷磕头还是给墙磕头？！"就咯咯爆笑。

天鉴说："放肆！"

笑声噤了，男人和女人的头都瓷在残缺口。这是两个美丑分明的头脸，女人怎么就钟情于这样的男人呢？天鉴虎了脸问道："你们是什么人？一男一女夜不归宿干什么去了？"

"回禀老爷，"男人再跪下去，跪下去了看不见老爷复又站起，"我们不是强盗偷贼，雾这么大的，也不敢有苟且之事。小民叫疙瘩，这女子叫王娘，以前只是认识并未往来，今日是老娘过世三年忌日，我对不起老娘，一直穷得没能娶下老婆，为了让老娘在天之灵安妥，也为了过三年忌日像个祭奠的样子，我十个铜板请了王娘来装扮我的老婆去家哭灵，没想就遇着老爷了。"

天鉴问女人："真有这事？"

女人说："可不，我什么都干过，替人哭灵还是第一回的。"女人手举起来，果然拿着一套孝衣孝帽，再说："不是人家老婆却装扮老婆，老爷要看我不是良家妇女了！"

天鉴在寒雾里几乎要叫起来了，他震惊在这么个地方竟会有这么个孝子，而这样的孝子却苦于贫穷娶不下个老婆，作为一县之长应该面无颜色，可他天鉴，倒想到的是苟且之事！天鉴检点自己，明白了如此能错怪了这男女，全是雾天雾地的天日里他内心深处的一种妒意的结果。于是脸上活泛开来，放柔了声音对女人说："你被请去哭灵，昨日晚上就应该去哭一场的。"女人说："我当然哭过了，可我总不是他的老婆，哭罢了就睡在他的炕上吗？"天鉴说："今早要去，既是哭灵，就不要嘻嘻哈哈，搽脂抹粉的像个哭灵的吗？"女人说："知县老爷还管这些？我哪里搽脂抹粉了！"男人说："回禀老爷，王娘天生的这好颜色。"天鉴叫道：活该的天生丽质！但这叫声没出口，长长地吁气了："你能替人哭灵是好，可怎么就肯为人去做替身哭灵呢？"女人说："不瞒老爷，我卖笑也卖哭，只要谁肯出钱呀！"天鉴问道："你是谁家女子或是谁家妇人，为何干这些营生？"女人说："我谁家的也不是，不卖笑卖哭，竺阳城就不让我进了！说出来老爷和这位疙瘩相公不要骂我，我在灵堂上哭得伤心，一是同情疙瘩相公，也要对得起十个铜板，二便是借了他家的灵堂哭我的恓惶，谁让我是下河人呢？！"天鉴不解了："下河人？"男人说："回禀老爷，老爷初来乍到自然不知晓个中原因，情况是这样的。"男人粗粗讲了一遍，天鉴才知道下河人是指从湖南方向逃难来的客户，这些客户很多，与土著人闹不到一处，竺阳划为县后，双方矛盾尤为尖锐，闹出许多械斗伤亡事故，首任知县当然维护土著人利益，也视下河人野蛮粗横，非贼即盗，就说了：凡下河人不得在平川、城镇落籍居住。男人就劝女人道："王娘你不要记恨城里人，这是前老爷说过的。"天鉴听罢，骂了一句："胡说！"男人赶忙没了身子又跪下去，在墙根那边说："小人是胡说！"女人拿眼看着天鉴，手在下边拉男人："老爷不是说你胡说。"天鉴当然不是骂这男人胡说，可在这男女面前能说是在骂前任知县在胡说吗？天鉴也意识到了刚才自己是怎样的一脸凶恶，万不该在平民百姓面前粗声叫骂，但他无法控制久已养成的随意脾性，便看了看面前的女人，扭身要走了。

　　已经走回了三步，女人却又在说："老爷，你姓盐吗？"天鉴姓韩，冒替的是姓盐的知县，天鉴当然现在是盐知县了。女人又是一句："你真是盐老爷吗？"天鉴心里咯噔了，莫非这女人瞧着他刚才的凶恶，看出破绽来了？立定脚跟回视着。女人说："人人都在传说省巡抚大人夜里做梦，梦见皇帝驾到时大厅的西南角塌下来，正在发急，忽被一盐包抵住，醒来思想西南角正是竺阳方向，就四下寻找姓盐的人去任县令。老爷这可是真的？"天鉴第一次听说这事，原来自己来历不凡，既然民间如此传说，可真是要好好干一番政绩出来。但是，自己哪里就是姓盐的呢？天鉴没有回说是与不是，嘿嘿一个发笑，转身进了衙门，听见那女人还在说："老爷，老爷……"男人说："王娘尖舌利嘴，你还要说什么呀？"女人说："老爷了不得的，我以为老爷年纪多大的，今日看得清，老爷好年轻，还没个长胡子……"话突然没有，遂听见男人说："你咬我的手？！"

　　天鉴回坐在衙里，自然又是接受了几户富裕人家送来的米酒、麝香、蜂蜜，天鉴就吩咐门禁，任何人再来恭贺一律拒不入内，到任十数天了，哪有没完没了的恭贺？"他真有钱，落下名来，我……"天鉴对着跛腿的衙役说了一半，挥挥手不说了，天鉴想，当年需要钱财的时候谁肯给我送过？今日这般轮番送礼，这么有钱的，哪一夜里我天鉴去显显手段，看你还来送不送？！天鉴想到得意处，身子一跃，双脚飘然落在高高的台阶之上，只惊得跛腿衙役直吐舌头。于是，一般公干小人都以为老爷进士出身，又是巡抚大人荐举擢用，堂堂正正的官人，哪里像前任老爷捐纳保官，来竺阳做官生意赚钱的。每每见天鉴与县丞、巡检、观察在衙内后花园的石桌上吃茶，便都垂手远远立着。第一遍茶有土味，通常就地泼了冲饮第二遍的，天鉴就招手衙役来喝，衙役没有不受宠若惊飞快跑来的。县丞、巡检、观察就训斥衙役，接老爷赏茶为什么走没走相？衣衫不整又成何体统？天鉴却说他见不得斯斯文文人，还要问问他们所知的竺阳各村社的事情，末了便对同僚说："你们听听！"

衙役不知道大人物在议论何事，喝了茶，回了话，就回避到一旁，天鉴又和县丞他们论说起来。天鉴已经好几次在提说关于下河人不得入川进城落户安居之事，便有意要加以废除，县丞、巡检都摇头了，认为土著人和下河人矛盾由来已久，竺阳县虽是新设小县，但与别的县情形不同，地方要冲，事务繁重，民情疲顽，若分县为简缺、中缺、要缺、最要缺四等，竺阳县则是最要缺，要不老爷养廉钱为一千六百两，比别的县多了五百两？竺阳县内的下河人多是逃犯和赤贫难民，又极结伙抱团，生性强悍，坏了许多世风。既然前任知县有了禁令，要更改不太好吧？天鉴似觉为难起来，脑子里却总闪现王娘的影子。下河人民性刁野，或许是这样，王娘不就比一般女子大胆吗？但之所以如此，也是环境所致。一个如花似玉的明艳女子，应该是足不出屋的富贵雌儿，金屋要藏的娇，而落到卖笑卖哭，天鉴岂能不同情？天鉴也是匪盗出身，是他天鉴天生就要杀人越货吗？他申述他的道理：如果竺阳县的深山老林里没有这些下河人也就罢了，既然有，硬是不让他们到川道城镇，与土著人的矛盾就消除了吗？深山老林环境险恶，他们要活下去，必然拦路抢劫或干别的事体，与土著人矛盾只能加深，社会就越发不得安宁。况且竺阳之境，土著人如此稀少，又都近亲结婚，随处可见痴傻侏儒，禁止与下河通婚，久而久之，土著人就别想开荒垦田了。竺阳县现在不是禁令所能治好的，而是要大量移民。这些下河人被赶到深山老林，他们能生活在那里，没有勤劳是难以活命的，可见并不都是游手好闲的痞子，譬如那个替人哭丧的……天鉴说到这里，瞧见县丞、巡检、观察的脸上都惊讶起来，就不说了。

巡检说："大人见到那王娘了？"

天鉴说："那日在衙门口听见哭声，感叹这般伤情的，问时，衙役说那不是真老婆，是雇来哭灵的。"

巡检说："我还以为老爷才到没几天，那没皮没脸的娘儿们倒来寻老爷了！"

话说得难听，县丞便扯巡检的衣襟。天鉴看见了，不作理会，依然笑着说："她怎个没皮没脸了？"

巡检说："不是人家的老婆倒以老婆的名分去哭灵，这合妇道吗？竺阳如果是州城，这娘儿们少不得是烟花楼上的。"

天鉴说："那家男子人穷娶不下老婆，雇人哭灵这是孝举，王娘能顾及孝子有什么错呢？"

县丞说："没错没错，那娘儿们长得体面，这么干只让人可惜的。"

天鉴说："那还不是禁令害的？！"

巡检只低了头玩口袋掏出的那枚铜钱，听了天鉴的话，又不能发作，拧脖子看天，说："连个鸟儿都没有！"花园左边的丁香树上一只野鸽子落下了，叫："咕咕！"巡检一扬手掷钱过去，没有打中，野鸽子也没惊着。

县丞遂看天鉴的脸色，天鉴站起来了，天鉴又坐下，开始笑。

县丞说："今日天气真热……要下雨了，'咕咕鸟'也飞来了。"

天鉴说："是吗？'咕咕鸟'叫得实在心烦！"一投手，茶盅飞向丁香树，野鸽子悄无声息就掉下来，然后叭的一声，茶盅在树后的院墙上碎了。

巡检惊得张大了嘴，随后面红如炭，鼻梁上已有汗珠沁出了。县丞说："今日天是热，巡检大人，咱都把袍子解开，知县大人不会怪咱们不懂规矩的。"天鉴说："哪里话！"自个儿先将袍子脱了，露出胸前挂着的桃木小棒槌。

县丞说："大人还佩戴这个，是夫人做的吗？"

天鉴说："是师父送的。我早年跟师父学武艺，未学成，师父说你去读书吧！又怕我读书不上进，送了这桃木小棒槌，要让我记住习武不成的教训。"

县丞说："大人这般好手段还说习武不成？活该竺阳县兴旺，逢着文武双全的知县了！大人提到的要废禁令一事，目光看得远大，我是拥护的，巡检大人如何呢？"巡检说："那就废吧。"天鉴便说："你们都有这个意思，那我就颁布告了。"遂通知下人备一桌饭菜，招待一干人物在衙中吃喝，特别叮嘱炖一碗野鸽子肉来下酒。这顿酒，县丞、巡检没有喝醉，天鉴竟先玉山倾倒，被跛腿的衙役背回卧房烂醉如泥了。

这一醉，天鉴第二日才醒来。醒来见跛腿衙役正在床前打扫吐出的污秽，一把拉了衙役手，问酒醉之后他说了些什么。衙役回禀老爷是哭了几声，哭过了又是笑，并没有话说出来。天鉴一颗心放下来，大觉忘了兄弟的忠告，不该醉酒，就把恭贺送来的一件系着玉坠儿的竹扇赏了衙役，说："以后老爷再要喝酒只是三杯，第四杯了，你就在旁用眼睛瞪我。"衙役说："小人不敢。"天鉴说："让你瞪你就瞪，老爷是来治理竺阳的，不是来醉酒的。"衙役说："那何必呢？前任老爷也常是醉的。"天鉴叹了一口气，说："我怎么能和别人比呢？我虽是老爷，可你比我年长，信得过你才对你说这话，你却不肯。"衙役当下跪了，感动得流下泪来，自此忠心不渝。

天鉴果然以后绝少饮酒，废止禁令之后，便骑了那头驴子，带三五衙役走村过寨，查勘县情。竺阳县六山一水三分田，但田地大半为旱，天鉴就思谋修建一条贯通平川道的大水渠。有此意向，征询各村寨地方，无不欢欣雀跃，担心的却是平川道地多人少，且一家一户分散，无法在一两年内修通，且县衙能拨出大批银款吗？天鉴回到衙内，着人盘点县衙库存，根本拿不出多少钱来，而没有钱哪里招募一批苦工？天鉴夜里心烦又拿酒喝，喝到第四杯，伺候在旁的跛腿衙役拿眼瞪他，他便不喝了。衙役说："老爷实在想喝，为何不喝喝茶呢？老爷若能喝王娘店的茶，老爷就不会再馋酒了！"天鉴说："王娘，是那个替人哭灵的王娘吗？"衙役说："可不就是那个下河人王娘！废了禁令，她买了东石桥左边的一间两层楼的门面开了茶店。我去招呼一声，让她拿了香茶来给老爷沏一壶尝尝。"天鉴脑子里便浮现那一日雾晨的一幕，想王娘果真能干，才多时的就开了茶店营生，且茶的声名也扬出来了！看着跛腿衙役就要出门，突然叫道："有了！有了！"衙役说："我还没有去的，老爷哪里就有香茶了？"天鉴说："王娘是下河人，可下河人不一定都像王娘那样就有营生干的，平川道地多人少，为何不按地亩多少抽丁，无劳力者可以割地作修渠资金，那就让下河人去修嘛！下河人有的是劳力，凡修渠的可得割出的地，有地便可安居，岂不一举两得？！"衙役说："老爷到底是老爷！我这就去唤了王娘，老爷好好喝一场。"天鉴说："老爷没了愁闷，还喝什么呀？！"一时得意起来，对衙役讲几年之内，竺阳百姓就各有其田，田又旱涝保收，便可男耕女织，太平盛世了。

"你说说，"天鉴说，"进士出身的老爷行吗？"

衙役说："老爷能作出惊天动地的事业！"

天鉴说："老爷要不是进士出身呢？"

衙役说："这……"

"这不行？"天鉴说，"不！能成大事业难道就只有科举出身的进士吗？落草为寇而弃邪归正了的人一样会建立功业！"

衙役莫名其妙地木呆了。

天鉴说："老爷我是进士吧，更应建功立业心才安然的。"

但是，天鉴没有想到，他在为下河人废除了禁令，下河人却给他制造了种种麻烦。从深山老林到西流河两岸的平川道里，下来早的积极开垦河滩石窝地和挂坡田，下来迟的无田可耕，就于城镇设摊摆点，贩毛竹、土漆、药材、寿板，更有大量人流浪县城，每日皆发生了蒙骗拐卖以及偷盗抢劫事件。这些事原本巡检负责，但巡检却每日只将所发生的案件呈报天鉴，天鉴知其故意推诿，给他废除禁令以难堪，气得在堂上骂道："这样的事做巡检的不管，竺阳县就用不着设巡检署！当年在……"天鉴要说的当然是当年在山林闯荡，合伙的人谁敢不齐心，一个巴掌便扇走了，但天鉴头晕脑涨，眼前又出现了白毛狼的团光，天鉴说不出来，只咻咻出气。县丞不知下文，忙喝退了左右下人，悄声说："大人可不敢这般说，你虽是知县，谁都可以提升免降，而巡检是不能得罪的。"天鉴说："我奈何不了，我可以上报州府罢黜他！"县丞说："大人不知，前任知事为甚任期不满就走了？明里是他有病，但与巡检合不来也是原因，巡检是知府夫人的表弟。"天鉴无言以对，县丞又说："大人正直实在不易，可大人为官多年你也是知道的，官场就是这样。"天鉴看着县丞，直使那一双小而漆黑的眼睛不敢与他对视了，天鉴突然冷笑起来："这就是官场？"一扭头，将一口浓痰呸地吐出，直穿过桌子上空，飞溅到大堂的红漆木柱上。县丞愣了一愣，忙过去脱了鞋，用鞋底擦了，说："大人，我知道你为了县事生气，你不拘小节在别的地方没事，在这小县，衙里一班公干都是热利嚣浮之徒，让他们看见了就在外胡言乱语，不服帖起来的。"天鉴说声：
"屎！"但脸却红了，不自觉伸在椅子上的一只光脚就放
下去塞进鞋窠里了。

　　自此，天鉴就注意起自己的衣着行头，每日洗脸漱
口，衣帽穿戴得整整齐齐，夫人没在，又无双亲，饭辰即
使是糙米捞饭加一碗白菜豆腐汤，也要坐在那四方桌上用
膳，尽量细嚼慢咽，不弄出些响声来。衙里衙外一班公干
见知事庄重严肃，也不敢随便懈怠，天鉴便信服县丞老家
伙是个油子，大凡一般出门应酬一事都要请教一番。但
是，县丞几次暗示他去看看托病在家的巡检，天鉴不去，
推不过了，骑驴子去走动一回。巡检家是县城的大户，后
背街的一条巷子全是他家字号，看望完毕出来，天鉴只觉
得自己瘦，毛驴也瘦。想，一顿饭，端菜上桌的就十个丫
鬟，席间那老太太过目一份收租清单，说西王寨某家怎么
少交两担谷子，发话让去清查，厅外侍立的家丁竟应声如
雷，少则也是七个八个的。巡检家这等威风，倒胜过县衙
了！哼，我要是不当这个官，你巡检家的金条今晚就没

了！巡检在招待天鉴的时候，用的是客厅里的一面嵌包了玉石的八仙大桌，那玉石并不甚大，但挪动时两个粗笨的丫鬟竟未能抬起，天鉴立即知道这桌子里的机关了：玉石下边必凿了槽子，藏匿了金条的。走在街上，当然有人就认出知县老爷，胆小的赶忙要跑进门面里去，跑进去了又隔了门道和窗缝往出瞧着，胆壮的便立定，给老爷笑，笑很长时间，直候到他的驴子扑嗒扑嗒擦身而过，或是拦道跪倒在驴前头，呼声"给老爷请安了"！天鉴只是拂拂手往前行，便见一人箭一般从横巷蹿出，后边紧追的又是一女人，逃跑的人蓬头垢面，因被追得急了，一只鞋已经没有，双手却捂着一个馒头吞咬，险些撞在驴头，就站住了，转身面对追来的人，一口唾沫吐在馒头上。追赶的女人也就止步，骂道："你这强盗不得好死！上山砍柴你滚个血头羊，下河挑水你溺长江，挨砍刀的，得传症的，生娃娃没个屁眼！"天鉴在驴背上喝道："哪里泼妇，骂得这么难听？！"那男女这才发现驴背上坐的什么人，女人就跪下了，说："禀告老爷，他是强盗，我才买了一个馒头，还未吃上一口，就被他抢去了，这些下河人满城都是，东关化觉寺门口舍饭棚拥了几百号的，个个不是贼就是盗！"天鉴说："这些我知道了。好了，这个馒头老爷断定让他吃吧，一个铜子够价吗？"从怀里摸出一枚铜子丢过去，对那男的说："这馒头属于你的了，吃吧。"男的狼吞虎咽，直吃得梗脖儿，吃完了，睁着白多黑少的眼珠子看天鉴。天鉴说，"饱了吗？"男的说："没饱。"天鉴说："跟我来吧。"骑了驴子就走，拿眼看街两旁的铺子，就于一家店门口下得驴来，先看了看门板上红亮亮一副对联没有写字，却只用碗按在纸上画得的十四个圆圈，笑笑，喊道："掌柜的，有馒头拿出五个来吃！"

这是一间门面并不大的店铺，四张桌上有五个人正在用饭，见知县进来，慌忙抹了嘴就出去了，街上的人却围在台阶下往里看稀罕，正厅间有个偏门到后院，后院有一等人横七竖八地在草铺上闷睡，瞧见街上人往店里探头，也好奇从偏门往厅间看。天鉴不理会这些，见掌柜还没踪影，又叫了一声："掌柜的，怎不快些拿出馒头来！"柜台里的帘子闪动，便有女人一边在头上挽头发出来，一边不耐烦地说："谁呀谁呀？紧天火爆的，馒头总得蒸得熟呀！要吃五个，什么样的大肚汉？"一举头，却呀地尖叫了，手一松，挽成团饼状的乌发瀑布一般泻在后背："天呀，河水往西流，太阳也从西边出，知县老爷要吃我的饭了！"

天鉴看时，女人竟是雾晨里见过的王娘，浑身有些不自在了，起身要走，又觉不妥，正在尴尬处，女人已侧身揖手问安了。咫尺之间，尤物一腿微屈，一腿提起，弓弓窄窄的一只小脚恰恰点地，将印花围裙系着的一件桃红旗袍裹弄得了美美妙妙的弯曲。王娘说："老爷能到小店来，王娘的脸有盆子大了！"

天鉴听跛腿的衙役说，王娘开的是香茶店，现在却卖起饭菜来了？就说："王娘在这店里打工了？"

王娘说："王娘现在还打什么工？！亏得老爷废了禁令，我买了这一间两层的门面，先是卖茶，茶又不赚钱的，便兼着又卖饭又洗浆衣服了。活路多是多，店里收拾不过来，地方肮脏辱没老爷哩！"

天鉴倒高兴起来，遂问这门面房买价多少，下河人能这样办饭店客栈的有多少。王娘一一作答，从街东头到西头，说了店的字号也说了店家名姓，连谁家有一只狗三只鸡，鸡公鸡母都清清楚楚。突然叫道："只图说话，馒头也忘取了，老爷在衙里吃人参燕窝，倒要尝尝百姓家的馒头，换个口味吗？"

天鉴说："不是我吃，给他吃。"

待吃者给王娘哧哧啦啦笑。

王娘疑惑了："这二流子给下河人好丢了脸面！前几日在这里白吃了一天，我让他没事干了，进山砍柴来卖，他砍是砍了，卖也是卖了，几个钱在身上就要喝酒，喝得半死不活趴在门外台阶上醉卧一晚一早，还是我用擀杖打醒来的。"说着就扯那人裤子，一扯露出一个透肉的破洞。"咝咝，有那一串钱置一条裤子也够了，可他只是灌黄汤，灌不死！这馒头还给他吃？"

天鉴说："让他吃吧，吃死了拉倒，吃不死我让他去砍柴，一天一趟，攒了钱买田置房安顿个家业，若我再在城里碰着喝酒抢人，我就把他下到牢里去死！"

待吃者浑身哆嗦起来，王娘按了他的头说："还不谢老爷！"头在地上响了三下，王娘将五个馒头全塞给他了。王娘说："老爷既然不吃饭，喝口淡茶吧。"便拿手巾拂桌面，反身进内双手捧一碗酽茶过来。天鉴接过茶碗，却看见窗外一只小小的飞虫落在了女人发髻的梳子上。女人刚才是乌云扑散，什么时候却又盘在头顶，插着了这一把镀绿的木梳呢？

天鉴品一口茶，味道自好，看女人时，那梳子上的飞虫翅已闭合，是小小的瓢虫，一个红色的上有七粒黑点的半圆硬壳。天鉴觉得这飞虫落的是地方，发上不落，衣上不落，偏在木梳上，装扮得似绿叶上的一朵妖妖的花了。

这么思想，一时心旌摇荡，似觉迷迷糊糊如在梦境。天鉴的经验里，他见过许多女人，有丑的也有美的，但这般明艳女人还是第一回。王娘是什么原因而有了这明艳的感觉呢？偏这时，瓢虫又起飞了，小翅闪得极快，在空中盘旋了三个圈子如一个幻影，竟最后站在天鉴的鼻尖上了。一时间天鉴通身酥麻，他想伸出舌头舔了它来，但没有动，王娘却咯咯咯地甜笑了。

这一笑，天鉴的感觉里，后偏门的人和前门口的人都无声地微笑了，猛然冷静，知道了自己的身份，就掩饰窘态地咳嗽一声，那瓢虫竟抖掉进了茶碗，忙用手去救，瓢虫已烫死了。

天鉴暗暗叹息了。王娘重换了茶碗，天鉴没有喝下去，看着已吃下三个馒头的那汉子，说这是哪里茶。

王娘说："下河人在芦子沟垴植的茶，并没什么名声的。"

天鉴说："喝起来好。"

王娘说："老爷不嫌弃，就常来喝喝。"

天鉴笑笑，说五个馒头的账你记在水牌子上吧，随后来衙里讨钱是了，起身要走。王娘说："五个馒头钱值得向老爷讨？说老爷常来，那是一句话，小店哪有福分老能承接老爷呢？你今日来了，只企望老爷能补补我门口的对联吗，王娘咬不了字，画碗圈替字了。"

天鉴虽识得一些字，提笔书写却是不行，说："画碗圈好呀，开饭店就是用碗的地方，只要来竺阳的下河人都有一碗饭吃，我这知县就不枉当了！"

王娘就朝偏门口喊道："五升，高运，三柱子，听见老爷的话了吗？老爷会让你们有饭吃的，还不出来见见老爷！"偏门口探头探脑的人一听招呼，头却一下子缩了回去，但立即更多人挤在那里，有三四人前脚已踏出门槛，后边的一推，脚又收回去。

天鉴问："这是住店的吗？"

王娘说："我哪里有了客房？都是些没事干的下河人，没处去，腾了这后院让他们夜里存个身，白天就出去混口，这几个是要饭都要不来的，躲在这里发迷瞪哩！进来呀，进来，老爷是官又不是老虎，怕吃了你们？饿肚子不寻父母官，我可没多余一口饭再养你们了！"

还是没人敢出来，天鉴便走到偏门口，站在后檐根下的人就全跪下来磕头，天鉴没有说话，转身到柜台前卸下水牌，用笔写了"知县，四十个馒头"，说："王娘，七个人三十五个馒头够吗？四十个馒头钱你一定来衙里来取！这样的人别处还有吗？"王娘说："多哩。"天鉴说："你要了解，你寻个人把这样的人名字、年龄列个单儿来县衙给我，总要得想法都活下去。"王娘锐声说："行的行的，人都说老爷是支厅的盐包老爷，果然盐青天！"就送天鉴到街上，天鉴并不回头也不回应，一脸正经骑了驴子就走。

走了，还听见王娘在和人说话。

"这就是知县老爷？老爷到你店里了？"

"你是说这老爷是假的？"

"王娘你刀子嘴！老爷到你店里了，你怎不让我见见？"

"你要给老爷磕头吗？老爷刚才在这条椅子上坐的，你先给椅子磕个头吧！"

"我向老爷告状呀，我家的三只鸡都被偷了，还不是你们那些下河人干的！"

"别猪厕的狗厕的都是下河人厕的！哪面坡上没有弯弯树？昨日逢集，我从十字街口人窝里过，人挤人地迈不开脚，就觉得有只手在我心口处揣，我以为哪个骚小伙在拾我便宜，想，小伙家没见过，揣就揣去吧，寡妇家又不是黄花闺女！可挤出人窝去买熏肉的香料，一掏怀里钱袋，没有了。狗日的，人家不是在揣心口，贼，是偷了我的钱袋哩！"

　　

天鉴统计了大约六百余名的流浪下河人，就正式发了修建平川道水渠的布告。不出所料，平川道的许多人家缺乏劳力愿意割地雇人，天鉴便亲自走村过寨，强令得到割地的下河人就地落籍，然后统一组织分段修渠。各段由各村社推举渠长，全渠总负责人为渠督。择了吉日，天鉴在衙门口摆了酒桌，亲自为渠督敬酒。渠督原是衙里的一名粮长，当下激奋，立了军令状：三个月渠修不通以脑袋抵押。天鉴说：要修通了，我赏银三百两，为你竖一块碑子。这粮长到了工地，人虽良善卖力，但乏于威严，刁野浪荡惯了的下河人因粮食不足，偷工减料，三个月后，渠是修通，而一通水则一半渠堤塌陷。天鉴得到消息，传令粮长来见，粮长是来了，却是一颗血淋淋的脑袋装在口袋里着人提来。天鉴见不得血脑袋，想起西流河畔的兄弟，于是放声大哭。巡检抱怨用人不当，下河人刁野，能镇住的只能是巡检署的人，便让县西峰镇的一名心腹头目出任渠督。又是三个月，水渠还是没有修通，且修渠民工三分之一的人拉痢疾。一调查，各村庄筹集起来的银款被渠督贪污十分之三，且将所拨的麦子全倒换了玉米，还有一部分已经霉变。天鉴勃然大怒，断了渠督死罪，仍不解恨，着令将皮剥了，蒙鼓挂在城门口示众。人鼓挂在那里，刮了七天七夜风，起风鼓就响，满城公干和百姓都害怕了，说知县平日文文斯斯，下手竟如此狠毒。渠还是要修的，谁来劝说，天鉴就骂，但没人敢再出任渠督，张榜招贤，也是无人来揭。

　　天鉴也就浮躁了，夜里睡在床上，似睡非睡，眼前总是出现白的光团，又看见白毛狼的眼睛了，燃灯坐起，四堵黑墙唯一扇窗口，用被单蒙了窗口又睡，还是在梦中见到静卧的白狼。天鉴想，是我做得太狠了，还是这渠本不该修？不修渠竺阳怎么富？下河人如何生活？知县的政绩还有什么？天鉴做得是狠了些，天鉴要不做县令，巡检也一刀砍了，荐举的什么货色，这不是成心坏我的事吗？天鉴如此想着，就每日夜半起来，可一穿上官服，浑身就发痒，这痒越来越厉害，脱了官服看时，褶缝里果然竟有许多虱子。天鉴就奇怪了，当年在山林吃的什么，睡的什么，一件不得换洗的蓝衫也不见生虱子，如今二十天在瓮里沐浴热汤，穿上了华美的官服倒生虱子？天鉴就着人常洗官服，但只要一穿在身上就奇痒起来了。这一日又喊跛腿的衙役拿了官服去洗，跛腿的衙役说："这才怪了，老爷的便服上怎不生虱子？莫非虱子也要沾老爷的官气？"天鉴笑了说："它是要吸老爷的血哩！"衙役说："老爷，王娘店里也承接洗衣的，她是用苦楝木子汤泡过，又用米汤浆的，那法子或许就灭了虱，怎不把官服交她洗一洗试试？"天鉴说："那好，我让她来衙里取四十个馒头的钱款，她倒一直没来，你捎了钱去，把这官服也让她洗了。"衙役去后，第二日送来官服，洗浆得十分整洁，天鉴十天里不觉发痒。但十天后虱子又生了出来，衙役就让王娘定期来自取官服。

又是一日，天已转冷，天鉴在堂上断了一桩讼案，又与县丞议了一阵无人揭榜的事，就闷闷不乐回到后院卧房，才点了灯，生了一盆旺炭来烤，跛腿衙役进来说王娘来送官服了。天鉴说人呢，衙役说在门外边。天鉴低头瞧见门帘下露了一点红的鞋尖，立即正襟危坐，对衙役说："让她进来。"王娘进来了，拿了一脸平静，给老爷请安，天鉴让坐，落座椅上，腿合交一起，眼就瞥了四壁，耳里逮住了一声嘤嘤清音，知道蛐蛐就在椅后墙角，没有跺脚，也口里不弄声响来。衙役说："王娘还会拘束呀？"王娘说："老伯去化觉寺烧香敢指手画脚吗？"衙役就笑笑，退出去了。衙役一走，天鉴和王娘都更不自在，王娘又听见嘤嘤声，说："衙里还有蛐蛐？"天鉴说："衙里有蛐蛐。"说罢觉得好笑，就笑了，王娘很窘地，起身到灯檠前拔了头钗把灯捻拨亮来，说："天晚了来，老爷不怪罪王娘吧？白日吃饭喝茶的人多，王娘抽不脱手脚，寻思明日送来，又担心明日老爷或许坐堂。"天鉴说："劳动王娘了！"便将王娘进来时提着的竹笼盖揭了，取了折叠整齐、浆得硬平的官衣，又看见了竹笼底放有一包茶叶。天鉴说："还带茶了吗？"王娘说："随便捎一包的。"天鉴说："那好，送了我就是我的，我也沏一壶茶待客王娘了！"天鉴取了壶喊衙役灌水，王娘说她去，天鉴说不，还是跑来的衙役接了壶，王娘就叮咛一定去井里取活水。取水在火盆上煮，王娘要招呼水壶，就移椅坐近火盆了。两人又没了话，王娘偶尔一举头，瞧见天鉴看她，脸上现一个无声的笑。天鉴以前见过王娘大笑，咯咯嘿嘿地摇荡人，但还没见过王娘这般无声的笑，她颧骨不高而大，脸丰满如盘，无声笑时，嘴角便有微微细痕显出颧部，略小点的眼睛搭配着，是一副佛样的慈眉善眼。天鉴说："王娘是用苦楝木子汤浆的官服吗，穿着十天不痒的？"说过了，脸红起来，想王娘洗涤时一定发现官服里的褶缝有虱子了。王娘说："是用苦楝木子汤，虱子一闻到那味就死了。"天鉴脸更烧灼，用手去揭壶盖看水开了没，水还在响，响水不开，王娘忙去调火，不想壶竟歪了，水倾在火炭上，扑地腾一片水汽和灰。天鉴说没事没事，身子一扬，一只脚褪了鞋屈踏在床沿上，脸上很硬地笑笑，说："官服上倒生虱子，王娘觉得知县不像个知县了吧？"王娘说："怎么不是个知县了呢？"天鉴嘲讽地说："坐在衙堂上的才是知县，而官服里却有虱，现在不穿官服了，这个样子坐在床沿，王娘眼里见着的就不是知县了。"王娘说："那知县眼里看见王娘不叩头下跪，又弄倒了水，迷了老爷一脸灰，也就不是百姓了吧？"天鉴就笑起，王娘看见天鉴笑，自己也笑起了。

这一笑，天鉴觉得自己到任后第一次这么自在了，他奇怪半年来克己复礼的那一套架势怎么今日一到王娘面前就放下了。天鉴突然萌生了一种什么缘分的怪念头，是和这女人有缘分吗？为什么几次与她很奇妙地相见，几十年的喝茶穿衣，偏偏真觉得她的茶对口味而华美的官服就要生虱子？但是，一个堂堂的知县与一个开小店的下河人寡妇的缘分？天鉴定眼看一看有白狼的影子没有，没有，仍怀疑自己早年山林的习性又犯了，做了冒名顶替的官人，要改变自己的命运，要建立自己的功业，旧日的习性万不得流露出一丝半毫。天鉴在西流河畔第一次穿上官服起就没有思想准备，半年来，做官是多么不习惯啊。他不知晓别人当官是怎么个当法，而他却也说不清见了王娘自己怎么就不一样起来。天鉴在刹那间提醒自己不能在每一个下民面前暴露了非官人的形象而坏大事，却无法抗拒他对面前这女人的好感。

天鉴终于抬起头来，大胆地盯着面前的女人，女人竟在他的目光里迟疑之后一脸的羞涩。这使天鉴吃不透了这个女人，在人稠广众之下口齿尖锐的王娘却是这么安稳柔顺，脸色绯红，一双耳朵也赤彤透亮了，如果王娘还如前几次一样尖舌利嘴，天鉴倒习惯了这性格，或许什么也没有了，而王娘这一副状态，倒使天鉴才自在了起来又不自在了。

　　水壶的水开了，王娘沏茶，热茶下肚，两人都热起来。王娘起身去推开了床边的那一页窗扇，才坐下来，又去关闭了那页窗扇，不让凉风直吹到天鉴身上，而将朝着她的那页窗扇推开了。

　　这一细小的动作，天鉴又一次感受到了这女人的细心与体贴，默默享受了关切的幸福，默默感谢着她，而同时一股无名的忧愁袭上心头，长长地叹息了。

　　"老爷心情不好吗？"王娘说。

　　"还好。"天鉴说。

　　"老爷气色不好，一定是心情不好。"王娘说，"竺阳县大小的官人都是当地人，有家有眷的，唯老爷家在南方，怎不搬了家眷也来竺阳？是夫人看不中这边城小县，还是老爷在南方有个金屋特意藏娇？"

　　天鉴该怎么说呢？天鉴笑笑，却问："你是以为我太残忍了吗？"

　　王娘说："哪里？老爷不带家眷自有老爷的想法，

怎么能是残忍呢？"

天鉴说："是残忍，好多人都说我残忍。"

王娘说："那是说你杀了渠督，还剥皮蒙鼓……"

天鉴说："是吗？所以现在张榜招贤好多天没人出头了。"

王娘说："我说老爷心情不好，果然老爷愁着竺阳县的事了！可话说回来，也犯不着愁，什么事都可能让人尴尬，就像这么好的官服生了虱子一样的。老爷不嫌，容我多说了，外边说老爷不该剥皮蒙鼓，杀人越货的匪盗也不这么干的，老爷怎么能与匪盗并提呢？这都是巡检大人的家人四处散布的。这等恶人甫说剥皮，让全县人熬得喝了人肉汤也是罪有应得的。现在不是没人出头督工，督工都是有身份的，这些有身份的害怕了，而不害怕的也有能力的却人物卑微，哪里又敢出头呢？"

天鉴说："怎么不能出头，什么官人还都不是平头百姓干出来的？！"

王娘说："老爷这么说，我倒荐举一个人来。"

天鉴说："谁？"

王娘说："要说这人老爷也是认得的。"

天鉴说："我还认得？"

王娘说："还记得那早晨我去哭灵吗？就是那个讨不起老婆的严疙瘩。自那以后他常来谢我，我知道他的根根底底，为人正直，又极能干。前日来店里送我一斤金针菜，说起这事，他说老爷就是不用他。老爷用的渠督第一个忠心却无能，第二个凶狠却不懂农事。他去渠上看了，之所以一通水渠就毁了，是那十五里处渠修得不是地方，如果是别的地方，那红土层可以凿窟打墙，土的立身好，而竺阳县的红土层立身软，水一泡就糊了。要是他做渠督，渠道往北改半里，那里尽是白土层，土质硬得很哩。"

天鉴听罢，喜形于色，一抱拳说道："本县这得谢你了，你能明日一早去找那个严疙瘩来找我吗？"

王娘见天鉴为她抱拳行礼，慌忙就跪下了。

天鉴说："王娘，你这阵是个百姓了！"

王娘说："老爷，你这阵也是个老爷了！"

起用了严疙瘩为渠督，几乎有一半的渠址重新勘定，实行十人一班的互相监督，工程进展颇为顺利。天鉴察看过三次，严疙瘩身体力行，除了跑动督工外，自己也跪在乱石窝里搬动石头，以致膝盖上结了厚厚的胼。最后一次指挥用禾草烧崖、冷水激炸之法开采石料时摔过一跤，右腿伤转为连疮腿，还被人用滑竿抬着在工地督阵。天鉴极是感动，着人送一小坛深藏百年的老酒奖赏严疙瘩，严疙瘩不敢独喝，召集了全渠的下河人和土著人，将坛酒全部倒在一个清水小泉，每人用盅子舀喝一口，酒真正成了水酒，淡而无味，但人人感动得流下热泪。

终于选准了一个严渠督，虽然众多头面人物表示怀疑，要看最后的笑话，天鉴心是松下来的，一面派衙役去渠地上收集抬断了的木杠，穿烂了的草鞋，一日一堆展览在衙门口让城里人都知道修渠的辛苦，一面捐收粮食、肉类、菜蔬和衣物给修渠供养。天鉴忙里偷闲也要往王娘的小店去。天鉴进店从不吃饭，只是品茶，品得已上了瘾，平日带一班衙役去四乡查看农桑，也还要拿王娘店里的一包茶叶去夜里熬喝。

此一日住在山寨的木楼上，打开茶包，先捏了一瓣嚼在口里，却发现茶上有一根淡黄的头发。王娘的头发不是黑如漆色，愈长愈泛了淡黄。那头发如果长在黑脸的女人头上，样子并不甚好，但王娘皮肤白皙，这一头密而蓬的淡黄头发，显得有了另一番标致。天鉴猜想她之所以明艳，是在这胖而不肥的白净皮肤，飘逸的淡黄长发，星子般的眼和开口便笑露出的洁而齐的碎牙吗？这根头发很长，是盘绕了一团在茶叶上的，分明不是无意的掉落，天鉴就把头发放在手心看得如痴如醉，后又装入贴身处的口袋里，品了一夜的茶味。衙役在隔壁房间打鼾，楼下的主人一家三口灯熄了叽叽咕咕说了一阵话，后来小儿喃喃，女人在尿桶里空洞地撒尿，天鉴就想起了他这一生所知所遇，王娘是对他最好的了。县衙的事务繁多，王娘却使他魂缠梦绕，一静下来无时不在思念，感激上苍让他得手成功，若说是做了一回官人，不如说更使他结识了王娘。一生从未经验对待女人的天鉴，明白了世上的女人要么是菩萨要么是魔鬼，而王娘却是菩萨和魔鬼合作的杰作。她烈起来是一堆火，烤手炙肉，连县丞也说她"天生的歌舞伎坯子，可惜她不懂歌舞，要不她到京华地面也要名重一时的"。但县丞哪里知道她柔起来又是水一样的清纯可怜呢？

　　天鉴一时思绪飞动，浑身燥热，习惯了屏息闭目在眼前的图像中寻找王娘形象，相信他在思想着王娘的时候，王娘也会同时思念他的。记得上一次去小店，他假装无意地说出夜里做了一梦，他正在西流河的北岸，忽发现河面桥上走着王娘，王娘衣裙飘动，那印着浅白花纹的软裤风鼓得圆圆，裤管用白丝带子束了，下是一双小而精巧的鞋脚，样子美妙可人。他纳闷王娘一人怎么在这里，连喊三声，王娘却不理也不回头，醒来后竟迷惑是在做梦还是现实。就问王娘是不是去过西流河岸，王娘笑着说：这才怪了，我怎么也做梦是在西流河上的桥面上，明明看见你领了一班人在岸上走，喊你你不应，还以为老爷在外是知事老爷，要保持官家威严，哪里肯与一个贱民女子搭话呢？两人说罢，就都不言语了。而在今晚的山寨木楼上，天鉴终究没有在屏息闭目中看到王娘的形象，但却听到了楼柱上爬行的一溜蚂蚁步伐声，听到楼窗台那盆月季开花时的歌唱声……终于在三更或者四更，并未脱衣褪靴而偎坐在那里睡着了。

一阵吵闹惊醒了他，有嚣杂人语和咚咚脚步，一个声音就在楼下轻唤："老爷！老爷！"天鉴揉眼走到楼栏处，站在楼下的是自己的衙役，满头大汗，一脸喜悦，说："老爷，有稀罕景哩！"天鉴问："深山老林有什么稀罕景，又是见了双头蛇还是一棵九种不同叶子的老树？"衙役说："是豹子把牛抵死了，不，牛把豹子抵死了！"

衙役带了天鉴往山寨口去，那里拥了一堆人，有哭的有笑的，有主张杀肉剥皮有提议凿穴掩埋，有一声说："老爷来了，让老爷瞧瞧，竺阳县的牛都是为老爷忠心耿耿！"人们就让开道，天鉴近去一看，在一石堰前，满地的豹毛和牛毛，血迹斑斑，如零落红梅，一只白毛黄斑的金钱土豹靠着堰，后腿立起，前爪伸空，龇牙咧嘴僵死在那里，而直对着土豹腹部是一头黄牛低抵着头颅，牛四蹄斜蹬，背拱若弓，双目圆睁也在那里死了。不用分说，这是昨晚里，土豹窜到了山寨，而寨里的牛与之搏斗，夜深人静无人知晓，两个巨物不知斗了多少回合，势均力敌，最后牛终于将豹抵到了堰根，直至把它抵死。但是，抵死了豹，牛却并不知道豹死，它不敢松一口劲，所以在整整的一个夜里一直那么不动姿势地用力而累死了。天鉴大受感动，没想到牛这么勇敢和忠诚！人们上去抬下了死牛，它还保持着搏斗的姿态，齐声叫嚷这牛不在前日夜里抵死土豹，也不在明日夜里抵死土豹，偏在知县大人夜宿山寨时献身而死，这是知县英明牧县的精神感天撼地的结果，而知县能在牛死后亲眼看到，也是牛死得其所了。当下，人们抬了牛，在牛主人的长哭短泣中掘坑掩埋了，便动手宰杀了土豹要给天鉴享用，又坚持送豹皮给老爷。天鉴并不推辞，一一接收了，天鉴对于豹肉并无多大兴趣，熬煮一锅让衙役放开了肚皮，那豹皮他却第一个想到一个人。

　　熟好的豹皮铺在了王娘的四六土炕上，天鉴像干了一件最得意的大事一样心情舒畅。天鉴先是担心王娘不肯接纳，因为他每每喝茶和洗涤官服所付银款时，王娘怎么也不肯收，说老爷把王娘看扁了，王娘虽穷，又是生意人，王娘并不喜欢钱，她只干她乐意干的事，要不，能有几个钱就肯去当假老婆当众一把鼻涕一把泪叫人家娘长爹短呢，就肯让那么多下河人住在自己窄小的后院？天鉴更怕送了豹皮，王娘要以为天鉴是王娘待他好而他才回送的，或是送些东西才要诱惑着与她再好，把一场感情全变成物价了。但是，王娘接住豹皮，没一句推辞，当下抱在怀里，连声说有这豹皮做褥夜里就不感到寒冷了。她并当着他的面数起豹皮上的黄金斑点，说："金钱豹，金钱豹，王娘夜夜要做金钱梦了！"自此后的每个夜晚，天鉴办理完了公事独自安眠，一躺下就想起这张金钱豹皮了，幻想一个怎样的脱得一丝不挂的女人在豹皮上，或者说，是这明艳的裸体的女人骑在了凶猛的金钱豹身上，那是一幅多么绮丽绝伦的图画呢！菩萨与魔鬼精心合作的女人，才能制服这凶猛之兽吧！于是，在万籁俱静并无一人的空床上，天鉴放诞了自己的旧日习性，一时竟觉得自己就是那一头金钱土豹了。

做着如此幻想的知县天鉴，他为他得到豹皮又顺利交纳于王娘的喜悦而增加在事业上的自信力，更膨胀了要干一番大事的雄心。也可以说，在他初见王娘就有了这种感觉，但那时并没有想到日后能与这个女人这般熟识，这件事后，他精神焕发，没有了来路不正和不懂官务的自卑和胆怯，好久好久也就未看见过白狼的光团了。毫无疑问，天鉴不止一次地对自己，也对着衙里人说，严疙瘩督渠一定不会如前两次一样没有结局，就通知手下，找最好的石匠开始凿碑，以等渠道通水便立碑修亭于县城最中心的十字路口。县丞劝他："老爷敢肯定渠就能修好吗？"他说："肯定的，我有预感！"

果然三个月后，水渠通水，大功告成。但竖有碑子的八角大亭还没有造好。天鉴亲自为严疙瘩披红戴花，他骑一头毛驴，严疙瘩也骑一头毛驴，一前一后走遍县城的长街短巷。而且放出了话，在八角大亭修好之前，他要擢升严疙瘩，消息传开，满城风雨，人人都在议论着知县老爷要擢升严疙瘩个什么官分儿。

　　已经是一个深夜，县丞来找天鉴，悄声说："大人，有人私下议论你要免了巡检让严疙瘩补缺儿，咱衙里的下人都是长舌男，尽会无风就是雨，知道巡检大人与你不洽，就拨弄是非，这怎么可能呢？这不是要让巡检和大人置气吗？我狠狠训斥了一番，说谁再胡说八道，就抽谁的舌头！"

　　天鉴没有言语，却把舌头长长吐出来，说："你把我舌头先抽了吧！"

　　县丞说："大人，你……"

　　天鉴说："这话是我说的，我正要听听你的意思呢。"

　　县丞说："严疙瘩是有功当然擢升，他什么职儿都可以任，免巡检怎么行呢？听说巡检已经逮了风声，在家大骂大人，又上书给州里了。"

天鉴说："他不是有病吗？我去看过他几次，都病重得躺床呻吟。既然病成那样，巡检的职位总不能空缺着没人理呀！"

县丞说："巡检与大人有隙就故意称病不干，实在是太放肆了。可巡检家大业大，水深着的，何必得罪他呢？"

天鉴说："他水深怎不就当了知县？我既是一县之长，褒良除奸也是我的职责。你今日来是从巡检那儿才过来吗？"

县丞从座椅上站起来，满脸出了汗，说："一县之政，大人当然无所不管，管无不算的，我也是为了大人着想才这么说的。"

天鉴笑了："好吧，你的话我知道了。"

县丞的话并没有引起天鉴重视，天鉴知道县丞熟于官场，却为人性软，或许是巡检逮住风声托他来说情的，或许他只是这也怕那也怕来探他口气，心中有底了，以免不罢黜巡检而得罪了巡检，又以免真罢黜了巡检又得罪了他。但是，天鉴万万没有想到竟在三四天之内，吏目来为巡检说情，督学来为巡检说情，那些富户豪绅以及化觉寺的住持也来说情，虽没有县丞那样直言明说，而拐弯抹角先赞誉知县明镜高悬，爱民如子，所办几件大事功德无量，要青史长存，接着就说巡检大人多么熟悉公务，又耿直廉洁，虽然性情高傲一些，但要巡境治安也必须有一个威严之人才能镇住，他待一般人有些不恭，那也有情可原，因为整日从事的与盗贼打交道也就养成了那一副冷脸儿。紧接着，一面是各边镇的巡庭小头目接二连三捎来一些山货特产、狐貂皮革、瓷器、补药之类，说是他们在下边收集或猎取的，原自个儿享用，巡检大人去见了大发雷霆：竺阳是小县，这么些好东西知县大人都没有你们倒享受了？！他们想想，也是，就不敢私用，贡献于父母官了。一方面，州里师爷、州巡检以及邻县的同僚，纷纷来函向他致安，末了总附上一句：竺阳巡检是我旧知，转致问候。

　　天鉴为难了，事情还没有个头绪，擢升严疙瘩仅仅只是透了个口风，竟惹得满州满县不安生了，想，愈是这样我天鉴愈是要干，知县是干什么的？知县就是掌教化百姓、听讼断狱、劝民农桑、征税纳粮、户口编籍、修桥铺路、教育祭祀的，上任以来，干哪一宗事巡检配合了知县而尽职尽责？！天鉴咬紧了牙，通知衙役门卒，凡是再有人来说情一律杜绝，任何人所送东西一概不收，且落下来人来物的清单，追查深究。通知下去，天鉴却瘫在大堂椅上立不起身，他觉得衙堂的柱子旋转起来，衙堂门口的石阶也立了起来，就有一团白光出现，又是那白毛狼的形象了。天鉴用手去抓桃木小棒槌，渐渐消了浮躁，想自己是不是看错了巡检呢，难道上任以来，巡检与自己不合，自己真有了成见而埋没了他的功绩？如果真是巡检有关系在州里，那自己的仕途能顺当吗？以杀了两个无辜而换得的这个身份，未完成自己的凤愿就夭折了吗？那西流河岸上为了大事大业自杀身亡的小兄弟就那么白白死了吗？天鉴又着人收回通知。收回了通知，天鉴心又不甘，如此放过了巡检，让这样的人继续在任上，往后又怎么与他一心一意治理竺阳啊？！冒名顶替的心底并不实在的知县天鉴，他不敢出了竺阳到处走动，他没有州里和邻县甚至竺阳县的根根葛葛的网络，可怜得只是独坐犯愁，将一脑袋的头发搓得一落一层。

天鉴终于病倒了。

第一个得知天鉴病倒了的是衙中厨子。中午做好的饭菜端上来又原封不动地端下去，老爷躺在床上，双目失神，面如土色，只说想喝莲子汤。莲子汤煎好了，勉强喝下，厨子说："老爷要不要看郎中？"老爷摇摇头。厨子又说："老爷还想吃些什么？"老爷再摇摇头。厨子又说："那老爷好好睡一觉。"就替老爷拉展了被子，把枕头塞在脖下时，老爷示意把床下纸包的东西拿上来，纸包挺沉，厨子以为是装金银的匣子，不敢多嘴，看着老爷枕上了就退出门。天鉴也想，我实在是筋疲力尽了，好好睡一觉吧。才觉迷迷糊糊，听见有人叩门，问谁，进来的是县丞。县丞说："大人病了？"天鉴说："有些不舒服。"县丞说："没看郎中吗？"天鉴说："不用的，喝了一碗莲子汤睡一觉就好了。"县丞说："你是太累了，要好好睡一觉。若想吃什么喝什么，你说一声，我给你办就是了。"天鉴说："多谢你了。"县丞走后，吏目就来了，说："听说大人病了？"天鉴说："浑身没一丝力气。"吏目说："那我请郎中去！"天鉴说："用不着郎中的。"吏目说："那你想吃些什么吗？"天鉴说："不想的，只想睡的。"吏目说："好好休息才是。"无限同情地长叹一声退出去了。天鉴闭上眼睛，全身开始放松，一时就觉得双腿消失了，接着双手也消失了，正似睡非睡，又听见门口有窸窣之声，遂听着又轻声问："老爷，老爷。"天鉴睁开眼来，看见是跛腿的衙役，衙役说："老爷你真的病了？"眼睛就红红的。天鉴说："吃五谷得六病，也没大问题。"衙役说："你想吃什么吗？我那老婆能做胡辣汤的，我回家去做一碗吧。"天鉴说："啥也没胃口的，我只困得厉害。"衙役说："你睡吧，睡吧，百病多歇着就会好的，那我走啦。"就走了。衙役一走，接连不断地来的是衙里上上下下官人公干，直到傍晚，来的人更多，是观察，是都头，是学督，是富户张廉、韩涛、李其明，是十几里外的村长，也有巡检署的各等人物。来了都不一起来，一起来留给知县的印象不深，每次单个来以示关心，照常是病得怎样，还想吃什么，天鉴照常是没什么，不想吃什么。来人就说你要好好休息，有病不敢累的，就走了。直折腾到了多半夜，天鉴想睡睡不成，病越发重了。待到听说老爷病了，急急赶来探视的严疙瘩刚一进门，天鉴从床上坐起来破口大骂："这都是来索我的命吗？谁来了都说让我好好歇着，可一个接一个地来，我怎么歇着？出去！出去！"严疙瘩也吓慌了，低了头就往外走。天鉴说："你是谁？"他一定睛觉得似乎是严疙瘩，严疙瘩转身给老爷下跪，天鉴不言语了，用手撑了身子说："你来了怎么就走？"严疙瘩说："我只听说老爷病了，但我实在不知道老爷没能休息。天很晚了，你睡吧，老爷没什么大事我也放心了。"天鉴说："我算什么老爷，我这老爷当得窝囊哩。那日披红戴花后，你怎么不来见我？"严疙瘩说："我时时刻刻都在感念着老爷的恩德，可听到一些风声，说老爷要擢升我，我就不敢来了。严疙瘩是什么人，能得到老爷重用督渠，也是我的造化，哪里还敢有妄想呢？外面议论纷纷，有人深更半夜在我家门上倒了一筐癞蛤蟆，意思骂我想吃天鹅肉，还有人将我娘的坟掘了一个窟窿，是要放我家坟地的脉气。今日晚上我出门，门口树干上有个纸人，纸人浑身都插了针，这也是咒我的。这些我都认了，可听说有人上告老爷，我真怕老爷为了我有个闪失，心中就不安，得知老爷病了，想八成为了我的事，虽是夜深了，我却不能不来看看呀，老爷。"严疙瘩说下去，已经趴在床沿泪流满面。天鉴就扶他坐在床沿，好久好久一言未发，末了说："好了，你回去吧。谁再威吓侮辱你，你就来告知我，老爷毕竟还是老爷的。"

严疙瘩一走，鸡已经叫过三遍了，天鉴越想越是气恼，心里骂知县不是人当的，事情杂乱得让你害了病，事情杂乱得也让你连病也害不成！"老爷毕竟是老爷"，他天鉴说过这样的话，难道一县的父母官说了话就像天雨下到河里吗？该奖的不能奖，该罚的不能罚，那以后说话还有什么威力？这么好的一个严疙瘩，就因为地位低贱，纵有天大的本事，我知县也不能保护了他吗？这么想来思去，脑袋又涨得生疼，说，不想了，不想了！不想了又一时睡不着，脑子里就冒出个王娘来。今日半天和这半夜，来了这么多人，王娘怎么不来看我呢？王娘是不知，还是王娘又因一个下贱的店主、一个年轻的寡妇不好来呢？竺阳城里，天鉴虽然是一县之长，可天鉴有话能对谁去说呢？这么一病，又有几个真心来照应呢？这么多人来探视有真心的也有假意的，既是真心的，也全是下人对知县的出自道德和同情，而哪里又是发自另一番的知己知心的情感呢？

鸡啼四更，天鉴终于睡着了，这一觉睡得死沉，不知是什么时候，他听见了嘤嘤的哭声，睁开眼来，床前的墩椅上面坐着王娘，头上虽是抹了油，梳得一丝不乱，而一脸憔悴，眼红肿如烂桃儿。"王娘！"天鉴以为在梦中，身子不自觉往起爬，额上掉下一个热湿毛巾，王娘惊喜地叫："老爷醒了！"天鉴才明白不是梦，脸红了许多。王娘重新让他睡好，重新拿两把水壶在水盆添水，添了热水，用手试试，烫，再添凉水，再试，又凉，复又添热水，湿了毛巾再次敷在他的额上。天鉴的病是烦闷所致，睡了一大觉，原本也好多了，见是王娘来看他，精神登时清爽了许多，便取了毛巾，硬是坐起来说："你怎么来的，什么时候来的？什么人都来看过了，你偏就不来看我？"王娘听了，脸也绯红，却又掉了一颗泪来，说："你真的好些了吗？你是老爷，关心你的人多，哪里用得着我来看呢？今早严疙瘩来店里说你病了，吓得我脚慌手慌，赶走了顾客，门一挂锁就跑来了，天又哗哗地下着瓢泼大雨，衙门也关了，我敲门，正好是跛腿大叔，我说给老爷送些茶的，就放我进来了。"天鉴说："别人不得进来，王娘还不能进来吗？天下雨，没有淋湿吧？"王娘说："湿衣服都干了，你一直睡得不醒，我又不敢唤你，不知病得怎样。想这个时候需要着夫人了，夫人不在，忍不住就哭了。"天鉴说："这点小病还值得你哭的？瞧我起来给你看看，现在什么病也没有了。"就一蹬被子下了床，衣服还是昨日躺下并没脱，只是头发凌乱。王娘让快戴了帽子，一时又找不见便帽，便将柱头上的官帽戴在天鉴头上。天鉴说不用，在内室里戴这硬壳帽子不舒服的，王娘说："男人家凭的是帽，这又是官帽。"天鉴说："什么官帽不官帽，今日你在这里，我把官帽撂了，咱说咱们的话！"

天鉴兴奋地坐在那里，也为自己精神突然这般好而吃惊，就极力要冷静，看见王娘抿嘴儿笑笑，一时间里眼里又红红的，说王娘你怎么又哭了，王娘说："我哭的是老爷这么待承我……我不哭，不哭的。"眼睛却更红起来，咕咕噜噜滚下几颗泪子。天鉴心又热起来，说："王娘哭起来也好看哩。人人都说王娘泼辣厉害，但你脾性全变了，变得这般好哭！"王娘深深地看了他一下，嘴噘起来，脸倒赤红："还不是老爷你把野王娘给改变了！"

这当儿，门外有禀老爷之声，进来的是跛腿的衙役，说："王娘还在呀？"王娘说："老爷刚刚起身。"衙役说："老爷睡一觉气色好多了，现在要吃点什么吗？"天鉴说："现在是什么时候？"衙役说："快午时了。"天鉴说："给厨房说，送两碗清汤面来，王娘也该吃饭了，淋了雨，多放些姜末和胡椒。"王娘说："我可不敢吃。"衙役说："老爷让你吃，你还不吃吗？现在雨下得越发大了，你怎么回去？"衙役退出去，王娘说："我还是不在这里吃吧。"天鉴说："你说你什么都不怕，就怕吃一顿饭吗？"王娘说："你要不怕，我也不怕的。王娘整日为人端饭，今日就吃一回别人端的吧！"天鉴说："这又是另一个王娘了，我出门在外要带了你，你敢不敢？"王娘说："我敢！"同时红从腮起，眼睛眯着闪动了一下，害羞至极，垂眼只盯着脚尖了。天鉴心里怦怦地一阵跳动，涌动的话头很多，多得又不知说什么，眼睛也盯在王娘的脚上。女人的脚裹缠得精巧美妙，如一对糯米的粽子，恰恰地塞在一双黑面绣着红花的深帮鞋窠里，鞋底是沾了泥水的，已经用棍儿刮了泥点。天鉴实在忍不住要动一下，但他不能，说："鞋底湿透了吗？"王娘说："不打紧的。"把脚跷起来还看了一下。天鉴迷迷瞪瞪起来了，说："你脚缠得真好！"王娘说："不好，小时候我娘给我缠脚，说我脚面高，难缠的。"天鉴说："你娘说差了，女人讲究脚面高哩，凡是美妇人那地方都高的。"手伸向那个部位，王娘的手也到了那个部位，但天鉴的手没有触到皮肤，在距二寸距离的时候指了一下，王娘的脚动了一下就抽回了。天鉴抬了头，看见窗外檐头雨已挂帘，兀自说："脚面真的高了好哩！"王娘再一次伸出脚来，用手摸那个部位，天鉴目光落过去，看她摸了一下，脚尖画了一个圆，又摸摸。跛腿的衙役就把汤面条端进来了。

衙役在一旁守着两人用罢饭，撤了碗碟，又提了开水冲泡了王娘带来的茶叶，就出去了。两人喝了一壶茶，王娘说："你让我走吧。"天鉴说："雨天没人去店里吃饭，急什么呢？"王娘说："你是病人，累着不好，改日再来，我还要给你洗涤官服了。"天鉴说："硬要走，我送送你。"王娘笑了："哪有县官送一个民妇的！"天鉴说："我送到门口。"出了卧室，外边是一个客厅，客厅的门口悬挂竹帘，隔帘看见县衙后院中的这个小院里，那一片细竹湿淋淋，雨还在下个不歇，从厅门口去小院外的一道石子花径，冲洗得十分清净，两边土地面上汪了水，无数水泡明灭。天鉴说："瞧多大的雨！"王娘也说："天地都灰蒙蒙一片了。"天鉴说："那你还走吗？"王娘说："还是走吧。"天鉴就去取了一块油布来，王娘要自己披，天鉴却要给她披，面对面地一展手将油布扬起来，像一片云飞过两人头顶，又落在王娘的头上背上。王娘的口鼻香幽幽，一团暖热喷在天鉴的脸上，那一绺刘海在系油布的结绳时掉下来，搭在了天鉴的鼻梁上，天鉴最近地看清了白嫩的前额和扯得一根一根连接得舒展异常的细眉，他把油布紧紧裹在王娘的身上，也刹那间裹住了有油布的王娘。一切用不着乞求和强迫，水到渠成，自然而然两只口烫炙一般地贴住，你揉搓我，我揉搓你，系好的油布就掉下去，两个人的口分开了，大声喘气，分别在对方的眼瞳里瞧见了一个小小的自己。

"王娘，王娘，"天鉴搂着王娘说，"我太喜欢你了，我太爱你了，你让我亲亲，让我抱抱。"

王娘挣扎着身子，挣扎如软虫，越挣扎越紧："我也是，老爷，我也是哩……这大天白日的，衙里尽是人。"

天鉴说："那你怎不表示呢？我有心又怕你没那个意思而伤了你。你不用怕，每日这时我要午睡，没人来的。我太爱你，可我总不知你的想法，要太莽撞，你就该骂这知县以势欺负你了，刚才实在想摸摸你的小脚的。"

王娘说："我看得出来的，我也想你来摸摸，可你太谨慎了。"

天鉴说："你也有那个意思，为什么又把脚收回去呢？"

王娘说："我不敢。"

天鉴又一下噙住了王娘的口，他感到一个肉肉的东西出来，就狠劲地吸吮，恨不得连舌根从女人的腔子里吸吮进他的肚里。从未经受过女人身的天鉴，这一刻里是多么激动，他感到天大的幸福，使出了当年杀人越货的凶劲，一时全身都鼓足了干劲，感觉一切都膨胀了，高大了。女人却一下子软如一叶面条，站立不稳。天鉴轻轻一抱，一手担在女人的脖子下，一手揽住了那一双肉绵绵的修长的腿向卧室里走去。

窗外雨哗哗地下着，天地在雨里全暗下来。

"这雨真好。"天鉴说。

"好，"女人说，"好，好……"

"但雨来得是晚了。"天鉴说。

"是晚了……可总是下来了。"女人说，双目迷离，全困得一丝力气也没有了。

这一场雨足足下过了十天。十天里竺阳县激动了许多故事，多少人家鸣放鞭炮，喜请宴席，庆幸家妇怀胎或是儿女订婚，多少人家却也怄气犯愁，化觉寺的大殿里就有了少男少女在那里默默祷告。天鉴在衙堂上，每日收许多文告，说××村一妇人上吊自杀，这妇人在下雨第六日去运神庙进香，说："给我来个孩子吧，菩萨娘娘！要说是我不行，我在娘家做女儿时也是生养过的，要说我那男人不行，我并不只靠他一个人啊！"妇人以为庙里没人，没想一画家恰骑在庙梁上涂绘梁画，就把一碗颜料倒下来，泼了妇人一头一脸，这妇人回家的路上就吊死在树林子了。说××寨某户人家为儿子结亲，夜里闹过洞房，小夫妻喝了枣汤去睡的，半夜里儿子却突然死了，儿子是在新娘的身上死的，死了命根子还直挺，吓得新娘夺门而逃。家人去房中看了，就把新娘又拉回来，让死儿还依旧爬趴新娘身上，以气养气，果然儿子又活醒过来。说××庄更出了怪事，两天里发现一户人家的磨坊里有一男一女野合，来了人竟不避，只泪流满面求饶，原是两人接连一体无法分开了，村人大怒，以为邪恶，便用刀子割开，割开了双双缚于竹笼沉了深潭。说全县淋塌了十三座草房，县城有四堵墙被雨泡倒，砸死了一只叫喜的猫，一条母狗，还有两条菜花蛇，两条蛇是绳一般扭在一起的。天鉴看了这些文告，只是笑了笑，并没说出个什么，拿眼看县丞，县丞也拿眼看天鉴，天鉴说："雨天嘛。"县丞说："这雨……"天鉴说："这雨是来得晚了些。"终是没什么新规所颁，不了了之。

但是，县衙后院中的小院圆门顶上，天鉴更换了原来的题字，改为"晚雨"。天鉴每每从公堂下来，一看见这两个字，就不免回味起了那一幕的细枝末节。在他最愁闷的时刻，获得了王娘的心身，那一时里天鉴感受了世界是那么大，同时又是那么小，他坠入难以言表的乐境，什么也都忘却了，而这种满足又使他放开了一切手脚，便决意排除所有干扰擢升严疙瘩。一闻名乡里的孝子，修渠有功的督工，让他替代巡检，即就是众人反对天鉴是不怕的，若是巡检告到上边，天鉴相信州府大人只要来做调查，明了事由，也会支持他干得正确果断，即便是他天鉴败了，天鉴脱了紫袍换蓝衫，携王娘到一僻静处，栽几丛竹，种一畦菜，生儿育女一家人也是惬意。虽然这么决定着，眼前又曾出现几次白狼的光团，天鉴就拿眼盯那"晚雨"二字，喃喃道："这也够了，这也够了！"

天鉴传令加紧修造街心口的八角大亭，八角大亭总算完成了，天鉴骑了毛驴要出门去察看，一个噩耗把天鉴惊得从毛驴背上跌下来：严疙瘩上吊自杀了！

严疙瘩怎么会自杀呢？天鉴不相信是自杀，回想那日严疙瘩说到的外人如何咒骂、掘了他的家坟一事，疑心又是巡检的手下人所为，就派人速去查看现场。去人回报道：严疙瘩是上吊在屋梁上的，颈有绳痕，舌头吐出，不是死后套的绳索。身上从里到外都是新衣，桌上残剩半坛老酒，可见死时心绪烦闷，又做了准备的。剥了衣服，身上没有任何伤，头顶没有钉子，脚心也没有钉子，可以断定不是他杀而是自杀。但奇怪的是，严疙瘩的柜台上安放着有菩萨神像和先考先妣牌位，竟也有一个木板，上写了老爷的名字，柜台上一堆香灰，分明是临死前烧了香的。"他这真是胡来，"捕头说，"或是死时脑子就坏了，老爷你是活人，怎么能写了名姓放在那里像个祭祀的牌位？！"

天鉴说声："是我害了严疙瘩了！"眼里流下泪来。

衙役捕头哪里听得懂天鉴的话，一齐说："怎么是老爷害了他？也是他命浅，浮不起老爷要擢升他的那福分！"天鉴没有解释，明白严疙瘩之死全是听了为擢升他罢黜巡检招惹了四方八面的威胁，是为了不让他知县受到伤害和为难，便自动地一死了之了。天鉴悲愤至极，痛恨自己无能，一个普通的百姓为了自己而自杀身亡，而自己身为知县却不能保全这个百姓，天鉴觉得自己终生也对严疙瘩有一份还不清也不能还的债了。就下令县衙为严疙瘩购买一具上好寿棺，于四日后初九的吉日就在八角亭旁安葬。

天鉴想，这一决定，一定会有人反对，最起劲的就又该是那个巡检了，他做好准备，不管谁出面反对，他都要坚持这么办，水渠纪念碑上大大刻上严疙瘩的名字，让这亭子和坟墓永久长存于竺阳县城的中心。揭碑埋葬那天，天鉴亲临现场，命令十二杆火铳一齐鸣放，他放眼看了一下黑压压的人群里，县上大大小小官人富豪都来了，果然不见巡检，便冷笑两声，故意在大声问：巡检大人呢？他怎么没有来呢？忽听得东头小巷一阵哀乐，一队龟兹响器班一身孝白地列队出来，再后是八人抬动的一副精致绝伦的棺罩，接着有两个穿白衣的人搀了头缠孝巾的人，那人哭声震动，十分悲切。坟地四周的人都扭头去看，天鉴也纳闷：严疙瘩孤身一人，哪里有这等威风的亲戚送葬？定睛看时，哭丧者竟是巡检。但见巡检一步一哭，悲不可支地被人扶到坟边，就趴在寿棺上捶胸顿足叫道："严疙瘩，我的好兄弟！你是竺阳县的功臣，你是竺阳县的荣光，你怎么就死去了呢？！我姚某身子有病，在你生前未能同你一块儿去修渠督工，你死了，盐老爷为你购买上好寿棺，姚某就要为你购一副棺罩吧！"哭罢，痛哭流涕，几欲晕倒，使在场的人都深受感动。便有人前去拉起巡检，说："巡检大人这般惜才，哭得我们也泪流不止，竺阳有盐老爷和巡检大人牧县，才出了严疙瘩这样的贤才！大人是什么人物，能来安葬也算严疙瘩的福气，可他虽是贤才，毕竟还不是官人，况且人已过世，生不能还，大人还是节哀保重！"巡检听了，擦了眼泪，转身揖拜了天鉴说："知县大人，这八角亭起了什么名称？"

天鉴说："起了'渠亭'二字，为的是纪念水渠修通。"

巡检说："'渠亭'也是好的，但渠是严疙瘩督工修通的，大人既能把严疙瘩埋在亭旁，何不就叫'严亭'，大人意下如何？"

天鉴看着巡检，暗暗吃惊巡检果是大奸之人，自己干了多少龌龊事，却偏能在全城人面前来了这一手，但当着众人面前，他已落得一片好名，连往日对他仇恨的人也以为他良心发现，能如此哭丧已是不易，天鉴又能怎样对他呢？

天鉴说："好，这名改得好，就叫'严亭'！"

掩埋了严疙瘩，天鉴再没提罢黜巡检的事，巡检突然宣称病好了，开始去各地巡逻检查。天鉴却心灰意冷，数日里不去坐堂，一任诸事推给县丞办理。天鉴深感到自己无能，终究未玩得过巡检，便生了不干知县的念头。这念头萌生，夜夜就被白狼的光团惊醒，睡不好觉，白日就神情恍惚，再去王娘小店时又不能直言以告，但去的次数比先前增多，说说话，吃吃茶，暂时愁苦都搁开了。自上次一张薄纸捅破，两人自然是没人时偷情做爱，那一刻里老爷欢如风旗浪鱼，事干完毕，常常无故发呆，苦皱脸面。王娘以为他为县上公务劳心太多，为了使他心绪好起来，百般应承，博他高兴说："老爷要真的喜欢我，我能陪老爷好好玩，就是没个环境……"天鉴说："王娘刚时如铁，柔时似水，足以移人。我恨不得日日夜夜和你在一处。"王娘说："我是半老徐娘的寡妇，色已衰了，就是还有颜色，甭说大千世界，单是竺阳城里比我年轻美丽的人多的是，老爷越来越会说话，什么足以移人？"天鉴说："仅是美色并不能移人，城西头绢丝店里有绢做的美女，颜色较王娘胜十倍，我去看了怎不害相思？美女能不能移人，在媚态二字，媚态在人身上，犹火之有焰，灯之有光，珠贝金银之有宝色。王娘正是这般女子，一见即令人思之不解自己，才舍命以图你哩！"王娘说："老爷这么懂得女人，以前怎未听你说过？"天鉴说："以前我只觉得你明艳，却不知怎么就明艳了，前日东河县令托人捎给我一部书，是一个叫李渔的写的，上面这么说的，看过之后我才知道你是有媚态之人，所以明艳异常。"王娘不知道李渔为何人，听了天鉴的话，更加撒娇，滚在天鉴怀里说："前些年我去过州城，看过一出戏，戏里人说过两句话，当时好生不解，现在是解了。"天鉴说："我听听，什么戏文？"王娘说："一句是'不会相思，学会相思，就害相思'。一句是'待思量，不思量，怎不思量'。"天鉴一下子就把王娘抱举在空中了。

天鉴常来王娘小店，风声也慢慢传将出去，每次来的时间一长，衙里有了紧事，县丞就打发衙役来店中找天鉴，立于街前喊；"老爷！老爷！"天鉴不理，让王娘回复老爷不在店里。衙役回衙，县丞寻遍后院并不见知县，又打发衙役来店中寻，天鉴就对着衙役大发凶狠，王娘说："老爷，衙役一次又一次找你，必是衙里有什么紧急公务，你毕竟是县令嘛！"天鉴说："别人催我，连你也催我？什么县令，狗屁县令！"王娘赶紧关了门窗，低声劝道："这话可别让外人听见，你这县令也不是容易当的。"天鉴说："有什么不容易？当不成了，我还不是我，我活得更快活哩！"一句话又险些说走了嘴，自己就愣在那里，愣在那里，眼前便出现狼的影子，还是一步一步回那衙去。

王娘瞧着天鉴的模样，心里忐忑了几个天日，她庆幸一生得遇了县令，县令又爱她如痴如醉，做个女人还有什么企求的呢？平日在外，有人开始指点议论，有羡慕不已的，也有面带鄙夷之色的，王娘不轻佻也不记恨，只是还忙碌开店，只是开着店仍涂脂抹粉，穿戴从头到脚整洁光亮，闲下来倒检点：老爷来的小店次数多，常让衙役来找，会不会为了自己老爷疏了政事呢？但一想老爷常常长吁短叹，是县里麻烦事苦愁了老爷，老爷能在小店心情愉快，王娘甭说有功也是无罪啊！街上有人见了问："王娘，你越活越年轻了！"王娘说："你比我小八岁，你是戏谑我吗？"那人说："我是比你小，可我那男人是什么猪狗，害得我窝囊成什么样儿！人常说女人像是把琵琶，看遇个什么男人来弹哩，会弹的是一首韶乐，不会弹的是一团噪音。"王娘心里一怔：这话好有理儿。心下暗自喜欢，却说："你男人是牛粪上插了你这朵花儿，可好歹还有个牛粪男人，我呢，我有什么，一把琵琶让灰尘封了！"那人就撇嘴："呀呀，王娘，瞧你说这话的得意劲儿！不说贫嘴了，我只问你，东桥口李家的俩兄弟地畔官司，是老大能赢还是老二不输？"王娘说："这是县衙公堂上的事，王娘怎么晓得？"那人不悦了，说："王娘怎么能不晓得呢？"王娘心想，外边的风声已经很大了，就又反省自己：知县每次来都不想回去，怠慢了县上公事王娘可是有责任的，知县讨厌起了衙里公事，是不是贪迷了自己呢？如果事情是这样，王娘就不是好女人了，好女人应该使男人更精神更务正事，而自己是不是贪婪了呢？

于是，天鉴再来，将这心事说与他，天鉴突然放声大哭，说了一句："王娘，你等着我，我要娶你！"

天鉴回到县衙，好多时间再没有光顾小店，带了跛腿的衙役走了趟西流河的下游口岸，于那一棵分明见粗的山桃树下，焚化了十刀麻纸。衙役不解为何焚纸，天鉴说，他来到竺阳已经一年多了，并未回家祭奠过先考先妣，昨日夜梦见他们，所以才在竺阳的边境上给父母亡灵送些阴钱的，说罢，又一次放声大哭。纸钱焚起，黑烟冲上，如一群黑色蝴蝶挂满了桃树枝上，天鉴在心里念叨着他那忠诚的同伙兄弟，他悔恨着自己险些辜负了兄弟的期望，他感念那女人王娘清醒了自己，也祈求着兄弟的在天之灵能护佑着他和这位知己的女人。时当一阵风扫过，竟围着他们旋卷扶摇，浓烟和纸灰就上冲如柱，而他和衙役以及那棵桃树在风卷中纹丝未动，跛腿的衙役吓得面如土色，天鉴笑道："他答应了，他答应了！"

天鉴离开河岸的时候，再一次留神了河的对岸，甚至对岸的东西尽头，庆幸没有见到那一只默不作声的白色皮毛的狼。

从西流河岸逆行一天，又绕了天竺山根经历四天，走过了二十三个村寨，查看了水渠灌溉，查看了农桑种植。天鉴回到县衙翌日，王娘来过一次，并没有携了香茶，也不是洗涤官服，却于袖口里掏出一个纸折，说：
"老爷这一别，已是许多天日未去小店，来打问过一次，
说是你去乡间了，老爷公务繁忙，我以后也不便多来打
扰，夜里请了南门口算卦的刘铁嘴，我说他写，是叮嘱老
爷的一些话。老爷家眷不在，我或许做事唐突，拟家眷之
口书了此折，望你耻笑了。"天鉴开折一看，上边密密麻
麻写了几页，念下去，竟是：

　　尔在官，不宜数问家事，道远鸿稀，徒乱
人意，正以无家信为平安耳。山僻知县，事简责
轻，最足钝人志气，须时时将此心提醒激发。无
事寻出有事，有事终归无事。今服官年余，民情
熟悉，正好兴利除害。若因地方偏小，上司或存
宽恕，偷安藏拙，日成痿痹，是为世界木偶人。
无论将来，不克大有所为，即何以对此山谷愚
民，且何以无负师门指授？居官者，宜晚眠早
起，头梆漱额，二梆视事，虽无事亦然。庶几习

惯成性，后来猝任繁剧，不觉其劳，翻为受用。山路崎岖，历多兽患，涉水尤险，因公出门须多带壮役，持鸟枪夹护，不可省钱减从，自轻民社之身。又，不可于途中旅次过行琐责。此辈跟随，亦有可悯。御之以礼，抚之以恩，二者相需，偏倚则害。流民在衙供役者亦然。此辈犹痰乘虚火生，火降水升，乃化为精。痰与精，岂二物而顷刻变化如此，天下无德精而化痰者，皆自吾身生在反身而已。凡遇上司公文，关系地方兴除须设法行之，至万不能为而后已。大抵自己节省，正图为民间兴事，非以节省为身家计。同一节省，其中殊有"义""利"之分。如此，俸薪须寄回，为岁时祭祖用，倘有参罚，即不必如数寄，毋致上欺祖宗，且可为办事疏忽戒。往省见上司，又必须衣服须如式制就，矫情示俭实非中道。知州去知府尚远，然既属直隶州，即当以知府相待，须小心教奉，又不可违道干求，尽所当为而已。凡人见得"尽所当为"四字，则无处不可行。官厅聚会，更属是非之场，大县遇小县，未免骄气，彼自器小，与我何预。然切不可以小县傲之，又不可有鄙薄心，须如弟之待兄，如庶子待嫡子，如乡里人上街，事事请教街上人，可否在我斟酌。诚能感人，谦则受益，古今不易之理也。官厅之内，不可自立崖岸与人不和，又不可随人嬉笑。须澄心静坐，思着地方事务。若有要件，更须记清原委，以便传呼对答。山城不得良幕，自办未为不可，但须事事留心，功过有所考验，更须将做错处触类旁通，渐觉过少，乃有进步。偶有微功，益须加勉，不可怀欢喜心，阻人志气。竺阳向来囹圄空虚，尔到任后颇多禁犯，但须如法处治，不可怀怒恨心。寒暑病痛，亦宜加恤。山中地广人稀，责令垦荒，原属要着，但须不时奖励，切不可差役巡查。如属己为，不可强唤，遽行报官，有愿领执照者，即时给付，不可使书吏揩索银钱。日积月累，以图功效。秀才文理晦塞耐烦开导，略有可取，即加奖励，又当出以诚心庄语，不可杂一毫戏慢。此二事，皆难一时见功，须从容为之，不可始勤终倦。种子播地，自有发生。尔在竺阳，正播种子时，但须播一嘉种，俟将来发生耳。知县是亲民官，小邑知县更好亲民。做得一事，民间就沾一事之惠，尤易感恩。古有小邑知县实心为民，造福一两件事，竟血食千百年，土人或呼某郎、某官人、某相公，视彼高位显秩，去来若途人者，何如哉？……

天鉴未等念完，已是热泪满面，激动得说不出一句话来，王娘说："老爷总笑我哭，老爷竟也是爱哭的老爷！"

天鉴没有接她的话，只是久久地看着她，突然发觉王娘在什么地方像他那忠诚的同伙兄弟的，是的，他的兄弟额头不宽，王娘额也不宽，他的兄弟鼻的左侧有浅浅的一颗小痣，王娘也是有的。王娘就是我的兄弟吗？王娘和我那兄弟都是上天派下来监督着我的吗？

　　天鉴决意要娶王娘。

　　一切按天鉴的谋望而顺利进行，先是在衙里散布多次去函要远在南方的夫人随他到竺阳来，而娇生惯养的夫人却百般作践一个深山小县有什么待头，有大戏园子吗？有蒸氽炖烩的鱿鱼海参龙虾湖蟹吗？有湘绣苏绣和做工精美的服饰店吗？没米吃怎么办？冬天冷了又不想穿得臃臃肿肿怎么办？"这娘儿们一辈子离不得宠惯着她的那巨豪爹！"天鉴当着县丞、典吏、训导、主簿诸人的面，说，"在她的眼里，一个县令不如一个南方镇上开生药铺的！"县丞诸人也为知县的处境而同情了："夫人是豪门的金枝玉叶，在她看来竺阳山高水恶、瘴气弥漫，不是人能住的地方，若真能来一趟亲自看看，或许就爱上的。"天鉴说："金枝玉叶真不如个贫女孟姜女，人家还千里寻夫哭倒长城的！"随后，天鉴宣布一封信把夫人休了，与其两人分居千里空担虚名，不如解了婚约清静。衙里人知道了这件事，也传到衙外，有人怨那南方夫人眼光短浅，虽金枝玉叶也脱不了妇道人家之见识；有人替当今县令遗憾，南方女人白净如玉婀娜若仙，县令为了竺阳而失却艳福；有人就高兴起来：既然知县已孤单一人，又不知竺阳哪家小姐有一份知县夫人之命了。便有人说："老爷常到小店品茶，那王娘倒生得花容月貌……"立即有人嗤笑了："王娘那小狐精儿，活该是妓院的姐儿，老爷狎妓喝酒品茶倒可，哪里就配做了夫人？做夫人的讲究雍容端庄，行不露足，笑不出齿……"但是，当这些长舌妇和长舌男嘲笑着王娘的时候，却发现了王娘于阳光普照日，开了竹窗，临街坐在里边在绣一件披肩了。那竹窗上新换了绿纱，王娘油抹了头发，坐在那里露半个身子，白嫩的脸非笑含笑，鬓边的花乍停还颤，就令街上的妇女好仰首上望，生出几分热羡几分嫉妒，几分疑疑惑惑不敢相信。

城里的百姓，眼里整日盯着哪家突然刷了门石、挂起红灯，听着有一片鞭炮轰天爆地地作响。县衙里的人时时偷读知县的脸面，想逮住个什么风头。但是，半月过去，一月又近，却仍是雾一般的一个谜。

一夜，月明风静，几株梅花幽香暗浮，正是"晚雨"院里好的时光，县丞提了一瓶瑞玉甜酒来与天鉴偎火闲聊，问道："大人，你是一县之君，总不能没个夫人的，这么大个院落，白日热热闹闹，到了晚上就只你一个也是太清寂了。"天鉴说："是没个夫人的。"县丞说："那是在竺阳物色，还是找原籍人氏？"天鉴说："当然是竺阳县的了。"县丞说："大人来竺阳时间也不短了，你有过眼的吗？若有，这事就交付我去办。"天鉴说："不用了。"县丞说："那么说，大人是已有中意的了！"几杯甜酒下肚，天鉴也晕晕起来，说："可以这么说吧。"县丞眼眨了眨，从城的东街到了西街，又从四条小巷的北头到南头，那些富裕的、有头有脸的人家都一一估摸了，猜不出是哪一家的小姐。便问："是谁呢？"天鉴狡黠地笑笑："这我不说给你，到时候你就知道了！"

转眼过了腊月，又过了大年，天鉴的生日在二月，王娘小他半轮，生日也在二月，天鉴便选定二月杏花开的日子里将迎亲办事，便让人翻修粉刷起"晚雨"院的房子。一个春节里心情很好，加上水渠通后，稼禾大丰，全县各村社都组织了社火竹马队每日演出，衙里人要与民同乐，天鉴从正月初一祭拜了天地神君，初二起天天带了衙役去城里城外瞧看热闹。巡检也挺卖力，年节安排了各巡检廨有人留守，他又率巡兵各处查巡防火防盗，天鉴始觉他还可以，也托人送去一份年礼。正月初十中午，衙里举行一年一度的赏捐社本，去岁丰收，捐输社本的二百三十七户，但山僻地方，富户绝少，故所捐每名不过七八石，而查社仓规条，捐谷奖赏各有定数，十石以上，地方官给以花红。天鉴奏报上司，申辩原委，上宪垂念瘠邑，鼓励好义，俱准照十石给花红之例。正月初七批详到日，天鉴就无吝小费，失信于民，此日于大堂结彩置酒，人酌酒三行，叩谢，讫，鼓乐送出。赏捐社本后，又嘉奖善良，全年由乡村推尊者，由巡检查出者，感士庶公举，天鉴召之在堂，一一询问，愿乞匾者，给以字样，不愿者便给礼。热热闹闹忙过半日，天鉴方在"晚雨"院坐定品饮王娘送来的香茶。巡检风风火火赶来，说是牛风寨出了一桩恶案，做儿子的打伤其父，震动乡里，民声鼎沸，他去查看现场，凶犯已缉拿在牢里押着，值新年伊始，又恰是县上嘉奖了善良，此案需速办，以教化民风，否则影响太大。天鉴听之在理，立即升堂，提审凶犯，堂下就跪着了一个蛮横汉子和一个用门板抬着的将死老头。天鉴骂那汉子："身为人子，不孝敬老子，正月天欢庆春节，倒将尔父打成这样，如此忤子，猪狗不如！"汉子说："老爷只知儿子打了老子，怎不问老子干了什么？"天鉴说："干了什么？"汉子说："他吃了我老婆的奶。"天鉴道："天下哪有这等说老子的儿子？再要胡说，先掌了嘴！"衙役就扑上来要用木板掌嘴，老头说："禀告老爷，你瞧瞧，我只吃了他老婆一口奶，他就这般凶的，他吃了我老婆三年的奶，我骂过他一句吗？"天鉴不听则罢，听了勃然大怒，一拍惊堂木叫道："你这吃草料的老畜生竟有脸说出，真的是越规乱伦，伤风败俗了！"汉子说："老爷，事情既到这一步，我也不顾丑了，你再问他还干过什么！"天鉴说："干过什么？"汉子说："我这老婆，是我的第二个老婆，先头的那个娶到家，我去川里做雇工，走了一年，回去老婆肚子却大了！那时我们下河人不得进川，独家独户住在深山，你问他，我老婆的肚子怎么大的！"天鉴问老汉："从实招来！"老头说："我没干的，我只偷看过。"汉子说："莫非是鬼干的？"老头说："你那老婆好凶，老虎也近不得身，我给你说过。中堂屋夜里放了尿桶，我睡东厢，起来去尿，忍不住把那东西弄出来或许洒在尿桶沿上了，你老婆睡西厢起来尿，或许是坐在桶沿上沾过去的，她要沾是她的事，与我屁相干，你给老爷说这些赖我不成！"汉子说："老爷，他说这些谁信哩？"天鉴在堂上听这父子一来一往争辩，只气得浑身颤抖，这一对无耻父子还有脸在公堂咆哮不已，而他这个知县为自己的县内竟出了这等伤风败俗的事脸上毫无光彩。就喝道："老畜生，如实招来！"老头只是说没有，天鉴就令衙役上刑，一阵水火杖打过一百二十下，老头竟双腿一蹬死了。衙役说："老爷，他死了！"天鉴说："死了？"衙役说："死了。"天鉴后悔打得太重，却也说："死得早了些，他要不死，我押他去街上示众了再砍他的头！"也便将汉子押下回牢里去了。

只说这事这么草草了结，不想，那汉子押在牢里，却花言巧语以事成之后相送三百两银子求狱卒给王娘捎个口信让为他向知县老爷说情。狱卒说："王娘倒是热心为人办事的，可她一个平民寡妇怎么能去给知县求情？"汉子说："听说王娘与知县熟好，她说话会起作用的。"狱卒说："哑，就是王娘与知县熟好，你这等行为，谁肯替你说话？"汉子说："我与王娘关系不一般的。"狱卒问："她是你亲戚？"汉子说："哪是亲戚，王娘就是我第一个老婆！我虽然打了她一顿，打得流产出那个孽种赶出了她，但今日我下在牢里受罪，她总不能不念前情吧？"狱卒听了，不敢隐瞒，告知了巡检，巡检复来说给天鉴，天鉴当下身子发软，哎哟一声就昏了。

王娘自然没有为一个罪犯而找天鉴求情，甚至前夫的话狱卒传也没有传给她，但沸沸扬扬的街谈巷议使她羞愧了。人们已经知道了她的身世，而又不明不白地落了个与先前老公公乱伦丑事，王娘纵然尖锐厉害，有一身口舌，又能给谁说得清呢？不堪忍受的那两个年岁，王娘自到了竺阳县城，差不多已经将它忘却了，而现在事又重提，且一堆屎越搅越臭，王娘遂沉沦入没底的深渊中了。她怨恨这是命，命是太苦了，一棵鲜活活的白菜让猪拱了，拱得枝叶败烂又肮脏不清！如今恨谁呢？恨那个没廉少耻的公公，恨那个蛮横蠢笨的丈夫，她王娘恨过了，恨到已恨不起来的地步，她恨她自己了。走出了牢笼，无拘无束地过平民寡妇的日子，或许别人的眼里是自己贱，野，不是好女人，但那里偶然说说也就罢了，王娘活得也能自在，而偏偏自己遇到了知县老爷，老爷又偏偏钟情于她，是知县老爷使她改变了自己，认识到了自身的价值，新生了新的生活的憧憬，可现在即将要成为知县夫人的王娘将身世弄到了这一份的龌龊肮脏，自己在知县心中的形象变成了什么样呢？而竺阳一县的百姓又会怎样看待这个有着如此夫人的知县呢？

可怜的王娘在家里睡下了三天三夜，又存一点侥幸：那打伤老子的罪犯或许不是前夫，或许就是前夫，他哪里还有脸面来求我呢？这一切风言风语却是乌有，是恶人的谣言吧？而见到街上张贴的判处罪犯的布告上明明写着前夫的名字，紧接着巡检大人派人宣布了不准她再开张饭店，以不公开张扬为由，封条贴在临街正门上的时候，王娘彻底地绝望了。

王娘没了脸面再去衙里找天鉴申诉原委，也自动地从心底勾销了知县老爷二月里来大轿接娶她的奢望，一件已经绣好的披肩抱在怀里，终日关门掩窗在楼上嘤嘤啼哭了。

天鉴判处了罪犯死刑，这死刑或许是太重了，天鉴却不知什么缘故，那一刻里觉得忤子罪大恶极，不杀不足解气愤的。回到"晚雨"院，喝了一壶酒又一壶酒，已不顾了不能酗酒的戒条，身子就瘫得动也不能，脑袋却十分清晰。王娘是罪犯的前妇是无疑了，以前只道她是寡妇，却从未问过为何致寡，没想到她以前是那么苦的日月！但王娘真的是如前夫所言，是同公公乱伦过吗？那老畜生什么都承认了，就是此事否认，天鉴相信供词是老实的。天鉴这么想着又叹气了，老畜生早不死晚不死，偏偏事情未搞清白人死口灭，留下是一团王娘说不清谁也说不清的雾团！而王娘，出了这么大的事，王娘怎不来申说原委呢？难道王娘心虚，这全是真的吗？

天鉴一想到若是真的，脑子里就是可怕的场景，一个深山老林中的独户，夜深人静，奇丑无比的公公摸到西厢房……天鉴心里发呕，禁不住要吐。但是，但是，天鉴又自省起来了，王娘怀了不是丈夫的孩子，他天鉴当堂打死了伤得奄奄一息的公公，而自己不是也与王娘那个了吗？对于王娘，如果不从情意上讲，他天鉴和那个公公又有什么区别呢？那么，出了这事，是王娘可耻吗，就要责骂唾弃王娘吗？不，不，卑鄙的是那公公，而自己这么颠来倒去地怀疑和审视王娘，天鉴何尝不也卑鄙啊！

天鉴谅解了王娘，就竭力为王娘现时的处境设想，便往小店去找王娘。街上的人稀稀落落，但远远的王娘小店的楼前却拥了许多人，贴了封条的门板上又贴了判处罪犯的布告，有人拿着什么在门前台阶上撒动。天鉴问旁边一人：这些人在那儿干什么？回答是，王娘原来是不干不净的人，四邻街坊为避霉气，用干草干灰在那店周撒线哩。天鉴发了狠声，却不能发作，望了望那小楼回转衙里，却嘱咐跛腿的衙役在没人时去店里找王娘，让她来衙里见他。衙役去了，又一人回来，手里拿着一大包苦楝木子和三袋香茶，说店前门封了，他转到后门，叫了数声，听见王娘在楼上哭，却就是不回应也不开后门。他还是叫，后窗里就抛下这些东西，还是没露脸儿。

　　"她不会来见我了。"天鉴看着苦楝木子和香茶，双眼潮红，王娘那事一定是真的了，她没脸来见我，可她不来见我，还记着我要洗涤官服，要喝香茶的呀！王娘，王娘，你都没了脸面来见我，我又怎么好去找你呢？！

　　过了正月，进入二月，原本是欢天喜地的时光，却

098

成了凄凄惨惨的日子，天鉴明显地消瘦起来，胡子凌乱，也不修整。巡检提了一包人参，询问大人年来脸色蜡黄，是不是太劳累了，天鉴几次想责问为什么就封了王娘小店，话到口边，又不好提出，推说伤风了几次，身子觉得是不如先前了。巡检说："大人身子不好，也是身边没有日夜照料的人，如果大人不弃，有句话不知当讲不当讲？"天鉴说："有什么不当讲的？"巡检说："大人来县之后，为政英明，众口皆碑，家母在家常常教训我，说大人是我效法的楷模，只是可怜大人单身孤影，念叨我那小妹若能照料大人，也是姚家的一份荣耀。"天鉴听了，笑笑说："尊母如此爱戴，我盐某实在感激，你可代我回复她老人家，说我永不会忘她的美意，只是盐某才休了家妻，立即再娶，显得不妥，容再过半年一载，盐某方敢考虑此事的。"虽然推托了巡检，天鉴心里却又平添了一份内疚，想自己与王娘交好了那么多时间，私下讲好的二月娶她，如今就这么说出的话无声无息了？王娘就是身世肮脏，那也是以前的事情，虽说与她交好时身世无人知道，但与她交往时分明是清纯可怜之人，才到了要娶她的地步，使她一盆火勃勃燃起，而如今她不来见，我也不去见她，那她往后光景怎过？别人怎么说她或许可以顶得住，我不去娶她，她必是再也没有自信力量的，况且我天鉴是什么身世，若这次暴露的不是她而是我，王娘如此对待我，我会怎样呢？

天鉴终于衣帽整齐地骑了驴子往街上走，直奔到小店楼下，顶着刺眼的阳光往上望。楼窗紧严，绿纱下垂。天鉴不能放声呐喊，便咳嗽起来，王娘是听得出他的咳嗽的，果然楼窗开了一个缝儿。天鉴知道他从窗缝儿看不见王娘，王娘却能从窗缝儿看见他，就竭力冲上作笑，使眼神儿。但窗子又轻轻合闭了。

天鉴又勒定毛驴站了一会儿，看阳光下人与驴的投影，泪水差不多要涌下来，突然有人在叫大人。

“大人，”巡检笑嘻嘻地迎面走过来，牵着一匹披了红毡鞍鞯的白马，“今日有什么事吗？”

天鉴说：“在衙里闷得久了，今日太阳好，出来走走。"

巡检说:"走走好。正要去衙里见你,没想就碰着了,你瞧瞧这匹马怎样?竺阳县不产马,尽是毛驴,州城我那亲戚得了这匹马送我,我怎么能用呢?家母要我献给大人,还让小妹赶制了这副鞍鞯,求大人一定笑纳。竺阳的知县骑毛驴,别的县就小看咱了!"

天鉴不好推辞,也觉得你知县骑驴,巡检坐马,那也不成体统,就说了许多感谢姚母的话,当下以驴易马,溜达几圈,打道回衙。已经走过几步,突然高声说:"你要来见我呀!一定要来见我!"天鉴说这话一语双关,旨在说给王娘听的,巡检回揖道:"遵命了,大人!"

王娘却一连三日并没有来。

王娘不来,天鉴去王娘又不见,天鉴在衙里坐不稳,一个深夜前去撕了小店前门上的封条,脚踢了草木灰撒的线圈,才要打门,街那头有人过来,慌得溜走。第二日巡检来报,说县城治安不好,有人夜里滋扰,竟敢将王娘小店的封条撕了。撕封条谅王娘不敢,但肯定是那些下河人中的痞子所为。天鉴说：那么个小店值得封吗？既然撕了也让那王娘开她的店吧。巡检却说他又重新封上了，自大人上任以来，民风大好，偏出了这个王娘，没扫地出城就够便宜了她，若让她再在城中开店，百姓就会说县衙庇护恶人淫妇。天鉴要辩的话拿不到桌面来，回到"晚雨"院越想越气，什么恶人淫妇，老爷我就是盗匪出身，你瞧瞧老爷的手段吧！于是，这一夜，天鉴本性复发，着了外衣，蒙了面罩，飞檐走壁，翻墙溜门，盗走了巡检家玉石八仙桌内的十根金条，张富户的玉器香炉，教谕家二老双亲备制的寿衣。第二夜，又盗走了训导家娘子的一盒首饰，绢丝店一件锦衣。第三夜，又盗走了典吏家二百两纹银，抢去了街北巷王家当铺五十两银钱，抢走了三个夜行人的货担，货是山货，将核桃木耳香菇踢得一地。接连三夜，天鉴获得了刺激，痛快至极，想自己久时不干，手脚虽是生硬，但一切如愿，暗笑竺阳城真是边邑小城，天鉴操起旧业，天马行空，独来独往，心性自在真比当知县强了十倍百倍！但也就在这三日里，满城惊慌，被盗之家哭天喊地来衙堂报案，天鉴一边询问失盗情况，一边害起头痛，眼前尽出现白色狼的光团，就晕在堂案上了。众人见知县晕倒，皆说是气怒伤心所致，抚胸灌汤多时，天鉴苏醒，就传巡检来见。巡检一到就跪下了，自责自己失职，怀疑说是有了大盗进了竺阳。天鉴说："竺阳小邑，哪里有大盗在此作案？你查一查，都失了什么东西。"巡检早有清单呈上，天鉴看了，唯独没有他家失盗的十根金条。就问："就这些吗？"巡检说："就这些。"天鉴说："又不是失了什么金条金砖，这么一些小宗财物，哪里就是大盗？你巡检大人在竺阳这么多年，这般小蠢贼子还没镇住吗？"巡检只是诺诺，口里支吾不清。

第四夜里，天鉴在"晚雨"院坐喝了一壶茶，心又烦闷起来，白天里眼前数次出现白光，使他冷静了狂躁的脾性，又借机训斥了巡检，瞧着巡检满面汗流的狼狈相，天鉴是长声浩叹，觉得自己是不该再做那昔日举动了，也不禁觉得自己可笑，弃邪归正了的堂堂知县怎么又去干了那些事体呢？但天鉴恢复了知县的天鉴，天鉴就愁闷见不

103

上王娘，便又出了衙门，这回是骑了马了。骑了马到街
上，王娘小店门仍是未开，街上依旧未碰上王娘，就怏怏
归来。这么每到晚上，就骑马往街上去，县丞就说："大
人真是清贤之官，竺阳划县以来，前任老爷还从没有夜夜
去城里巡逻的。"天鉴暗笑了一声，就势说："山野小
县，又是三省交会地带，人口复杂，常有盗贼呀，前几日
一连数夜失盗，我这知县颜面无光哩！有了这匹马，也不
费事，夜夜走走，也可镇镇那些毛毛盗匪的。"于是，老
爷夜巡成了美德，也成了规矩、习惯。而几天后天鉴夜里
将所盗之物，连同巡检家的十根金条，一起丢放在东街小
拱桥下，天明被人发现交送衙来，天鉴按失盗清单一一发
还，那十根金条清单上没主儿，天鉴就收归县上银库。全
城又是一片议论，赞誉知县夜巡，真把盗匪镇住了，不但
退还所盗的财物，竟还相送了十根金条。有好事人就制了
"正大光明"匾牌，鼓乐喧天地送到衙来。

　　竺阳县愈是热热闹闹欢呼知县，天鉴愈是心情愁
苦，每夜骑马从街上巡走，常在街的东头看见了店楼上有

了光亮，怀抱了强烈的希望，就将马缰放开，嗒嗒而去，到了楼下，那灯就突然灭了。他在那里勒住马头，马总是一个突兀止步，前蹄跃起要嘶叫一声，就缓缓地走了过去。而回转过来的时候，天鉴又远远看见了亮窗的店楼，再是急速趋前，灯又熄灭。天鉴站在那里，兀自落泪，想王娘是听着马蹄分辨他的来去，但这么灯亮灯灭，是在告诉他不要来见她吗？

若是那一夜王娘在街上等他，或是开了楼窗给他招手，天鉴或许又会想到她那些让他不快的事体来的，而王娘偏不见他，天鉴愈是内疚：是我来见她迟了吗？是我没有及时来见她吗？愈是怀恋王娘，需要见她一面了。

又是一个梅雨季节，天地混沌，泥水汪汪，天鉴不死心，还是照例骑马巡夜，披就的就是当日他要披给王娘的油布。但每次满怀希望而出，失望而归，天鉴在静悄悄的城街上，看见了家家户户门窗早掩、灯火早熄，那些甜甜戏笑和床的支吾之声飘出，他知道这是又到了竺阳县人效法天地而淫浸情意之时，便想到这么个雨夜，王娘是多么冷清和孤寂！返回衙里，垂头丧气到了"晚雨"院，捧了油布想起了那长长的一幕，浑身是一番灼热，一番激昂，遂是一身冷汗，一声长叹。唉唉，王娘呀，王娘，既有今日，为何要有当初呢？王娘这么长时期不见他，王娘是死了心了，王娘死心了，而天鉴该怎么办呢？雨淅淅沥沥下着，这下的是什么雨呢？如果那一次的雨季没有发生那场事，天鉴没有尝过女人的温情柔意，天鉴现在哪有这般愁苦？这是为什么呢，为什么呢？

想天想地也想不出个究竟的天鉴，他终了只能悔恨起自己是个男人，是长有尘根而就有了那种欲望的男人！男人为什么要生这柄尘根？生尘根是为了传宗接代，天鉴并不想有子女传递其脉。天鉴想不透的是上苍造人既有尘根又有了性欲，因此就对女人好感吗？梦魂牵绕演出这一场悲哀吗？天鉴对王娘是太爱了，爱到了世上所有女人皆无颜色，但他却无法与她相见，天鉴现在只有了结这份苦爱，便只有来断这份生之俱来的欲望了！天鉴越想越不可自拔，疯了一般褪下裤子，就用了那块油布包了尘根，一刀砍下去。他疼昏过去，醒来的时候，看见了那东西血淋淋在地上，天鉴冷笑了："王娘，王娘，咱们就这样完了吗？！"

天鉴托病，睡倒了许多天日养伤。在他自残后为了遮人耳目故意又弄破了手膊，郎中为他敷伤药时他又索要了许多更换的，偷偷自个儿敷了下体。没了那柄尘根，天鉴再作想到王娘的时候，深自没有了那种异样的不可遏制的感觉，一旦失去这样的感觉，便冷静地只为王娘的命运而可怜同情，想着想着，也就想到王娘也就是一个女人罢了。天下的女人实在是多，那还不是一样吗？站在了旁观的立场，考察这个王娘，她也实在是不大符合做女人的规范，尖舌俐齿，风风火火，抛头露面，且不说她有那么多使人不能容忍的劣点，单那一举一动也不大是一个官宦人家妇女的模样。自己为什么那一阵里喜欢她喜欢得神魂颠倒呢？天鉴静下来想这件事，是自己看错了眼吗？是他和她都中魔了吗？那么，这男人和女人到底是怎么回事呢？

最后的结论使天鉴坚定了他曾想过的认识：这都是上苍造人时所戏弄人的诡计，就是那个欲了。这如同人吃饭一样，如果没有口味之欲，吃饭纯是一种维系生命的工作，这工作何等辛苦？要种要收，要磨要做，吃时牙咬舌搅喉咽，过胃穿肠还要拉屙，而有了味欲，人就是贪图着味而甘心情愿地去从事吃的一系列劳作了。性欲不也是这样吗，不说繁殖的工作如何繁重，单让你干男女交合之事，那是多么痛苦的单调的事呀，偏偏上苍一个诡计，人就在暂短的欢悦中去出那一份苦力了。看穿了上苍的诡计，世事原来这般简单，天鉴为自己醒悟得意了，天鉴为自己苦苦去见王娘的事而好笑了，也为他自残后的清心而欣欣自慰。

身为官宦的天鉴看穿了性欲的本相，又没有了性欲，但他并不要进化觉寺去当和尚，他还有许多事要干。他是县令，这县令是他从盗匪归正后的结果，多么苦难的岁月终于走到这一步，如今没了那一份性欲，就更不分心思地从事他的政道了。

伤一愈合，天鉴明显地白胖起来，每日都去公堂，有事处事，无事读书，直累得浑身散了架似的歇回到"晚雨"院，躺在床上望着王娘送他的而又书写悬挂的关于为官之道四张条幅，——自省当日哪一件以此做对了，哪一件还做得不够，就念叨一句"王娘是好人"，然后呼呼睡去。

忽一日发觉，自断了尘根后到现在，竟再没有出现过白狼的光团，没了王娘用苦楝木子汤洗涤官服，官服也从未有虱子生出。那么，当初认识了王娘，是王娘化解了那时的愁闷呢，还是有了王娘而产生了那一系列的烦恼呢？

这时的天鉴就不禁为女人来到这个世间而战栗了，男人如果是要征服世界，女人则是要征服男人的，狐精化变，愈是移人愈害人，如鸩酒之美艳，如渊潭之静柔。这么想着的天鉴还是要感谢王娘了，是王娘使他终于认识了女人。

于是，天鉴对于所有女人都感到鄙视和厌烦，看什么美丑都是一架骷髅，尤其憎恨那些不顾妇道做出了淫乱之事的女人，但凡断狱，必斩无疑。随后就颁发策令禁止雨雾之天说媒、娶亲、约会，甚至正经夫妇的房事，规定此日为祀天地之时，可以饮乡酒，可以逛庙会，民户在乡村的，百户为里，十户为甲，里长甲长巡查监督，民户在城镇的，巡检巡逻，有违犯者，收监勿论。如此整肃风俗，竺阳为之安静，天鉴就十分得意。天鉴已取消了夜里巡逻的习惯，却喜欢白天骑马上街，他讲究起来，走有走势，坐有坐相，要反复在镜前照耀帽端与衣整，叮嘱众衙役前后等距离地不远不近地相随，他端坐马背之上，扬头挺胸，目光远眺，一只手轻轻叩着鞍鞯，正合了马蹄的节奏，阳光下他瞧着自己的影子也踌躇满怀了。

麦收之后，各村社百姓有闲，开始互走亲戚问候送礼，县衙里自然接收了许多贡献。先是零星私人送知县物品，一日三岔里敲锣打鼓为天鉴抬来一页匾牌，遂是龙生桥里，过风楼里，竹林铺里一个地方一个地方都抬来匾牌。待到收了二十三页匾牌挂在了县衙议政厅里，天鉴笑着对一班公干说："百姓真是好百姓，你做了一点亲民之事，他们就不会忘的。可惜还有十个里，我未尽职哩！"这话传到未送匾牌的十个里，里长就慌了，连夜又制匾抬来。

这一夜里，天鉴叫来县丞欲拨一些银款奖励乡里地方，县丞却为难银款难筹，天鉴便让仓吏拿来账簿看额外课税，查了畜税、牙税、地税、乡典吏的俸银和养廉银，再查县衙门子、皂隶、轿伞夫、库子、马快、禁卒、膳夫、马夫工食银，就让扣解各项一两一钱银子也就够了。这时巡检进来，说："大人为乡里地方筹赏银大不必这般费心，知县治理英明，地方感恩感德天经地义，而大人是否考虑了把竺阳的丰年盛景禀知给州里呢？"天鉴"哦哦"醒悟，遂取消给乡里地方的赏银，再从知县公费银中，铺司兵银中，孤贫口粮银中，文庙春秋祭银中，武庙春秋祭银中，以及四月内雩祭银、乡饮银、五月十三日武庙祭品银、儒学俸工银，廪生二十名的月粮银中各扣解出一两五钱，就交由巡检开出要送的人单、社单，一并办理。

五天后，十二匹驴驮由巡检押着运去州里，天鉴亲自在衙门口，看着一包包丝绸、兽皮、生漆、药材、酒肉负上驴背，双手执酒为巡检送行了。驴驮还未走出城门，跛腿的衙役来对天鉴悄声耳语，天鉴好生一愣。

天鉴说："死了？"

衙役说："是死了。"

天鉴说："什么时候死的？"

衙役说："今早发现的，却不知是什么时候死的。"

天鉴喃喃起来："死了，她为什么要死呢？"

衙役说："老爷，现在人已入殓，下午要浮丘到城河那边的山根下的，她不知是何时死的，街坊说死的日子不好，不能入土，要浮丘半年下葬，要么就会犯煞的。你要去见她，她是不会拒绝的了。"

天鉴说："行的，见见她。"

月明星稀的晚上，天鉴没有骑他的白色大马，只带了跛腿衙役出城门过了西流河，静悄悄地来到了山根下。

在一片黑松树林子，一个简易的土墙草棚里，一具棺木就封在那里。两人走近去，天鉴立在棚外，衙役挪开了干垒的门洞石头，棺木并没有钉，只是用绳索捆着，解开了，轻声唤道："老爷，你要进来吗？"天鉴没有回声走进去，王娘躺在揭开的棺具里。棺具并不长的，王娘却只有棺木的一半，酷似一个干枯的小孩。天鉴见过许多死亡的人，但还未见过这种模样的，她一定是死了十多天或者二十天，骨肉干缩成这样，但是在耗干了所有能量死亡这么久没有腐烂发臭，所以街坊四邻并没有引起注意吧？衙役说，直到今日早上一个老太太突然说：王娘的后门许多日不见开了，她不打水吃饭吗？人们才想起确实是那门很久未打开了，就去敲门，又敲不开，知道要出事了，搭了梯子翻过后院，王娘已经在床上干死了。

"听人说，王娘是躺在床上死的，床头有一面镜子，窗帘开了一条缝儿，镜子正好能反映出窗帘缝外的街面。"衙役说，"老爷，街坊都说王娘临死还爱美，整日要照镜子哩。我猜她是在等着照见巡逻的你哩！"

"等我？"天鉴说，口里支吾不清。他在自残之后就再没有巡逻过呀，这王娘真是，我见她时她不见我，我不去了，她又在日日夜夜要听那马蹄和等见我的身影吗？

天鉴一双手伸进去，捧起王娘的脸来，脸松皮枯皱，口眼塌陷，他看了看，又放下去，发现了王娘的身下正是那一件土豹皮。王娘在床上死的，街邻将她入殓时就势以她床上的被褥包裹了移置棺内吧？天鉴禁不住想起了过去的一切，侧了身在自己怀里掏，掏出一个用一片油布包着的什么，塞在王娘的身下。衙役说："老爷，你带给王娘一包香粉吗？"

天鉴说："多嘴！"

衙役没趣，对王娘却说起来："王娘你也算造化，能得到老爷来看看你。"

天鉴说："半年之中，你暗中要多来看看，不要让野狼野狗毁了棺木。半年后，我掏钱，你雇人让她入土为安，修一个墓堆吧。"

衙役就哽咽起来了："老爷，你是县令，不该为一个平民女子下跪的，就让我给王娘跪了磕个头吧？"

天鉴沉沉地往树林子外走，说："今日这事，不要对外人说起。"一边走一边用手在空中接接，发现天有了落雨，却不知什么时候月和星皆已消失，远处有闷闷的雷。

已到了梅雨季节，但雨终没有下来，零星了几点就住了。十天后，天鉴下令在城十字街心扩建严亭，移植各村社采集的最好的花木，显得十分可观。一年后夏天，天鉴于西流河畔迎接了知州来竺阳避暑，知州十分欣赏严亭四周的花木，天鉴就征集税课，再次扩建，拆除了周围民房，将严亭广场扩大到方圆十八亩地，还运了洛西县虎头山的怪石造假山，又挖了天竺山的各种奇竹、花卉，俨然是一个大的花园。又一年，天鉴娶了巡检的小妹。但常陪州里来客、邻县同僚来园内赏玩，却未携过夫人。忽一日感觉这么一个如江南园林一般的地方，而当初严亭修造得太小，又粗糙土气，便重新翻修一次，修成十二柱的花亭。十二柱花亭修好后，天鉴来看，十分喜欢，却说了一句话：那个坟堆在这里有些不搭配了呢。巡检遂让人平了坟堆，砌了一个大花坛。自此，十字街心真正成为一座赏心悦目胜地，人们再不呼"严亭"而唤竺阳花园了。再一年，知府表彰天鉴治理竺阳"政绩显赫"，呈报省巡抚欲擢升为州里十二个县的总巡检。天鉴得知，在县等候消息，无奈竺阳县境却淫雨绵绵，直下了三月，家家的衣物鞋帽皆生白毛，所有屋顶、墙头都长了绿苔，天鉴下体旧伤复发，痒胀疼痛而死。

关
于
语
言

*

在现实生活中，我们喜欢和有趣味的人在一起，有趣味的人就是会说话的人。这里所说的"会说话"不是那种见人说人话见鬼说鬼话的溜须拍马者，而是他说话幽默，有形象，有细节。我们有许多朋友，人绝对是好人，但他没趣，我们还是无法和他在一起待很长时间。小说，顾名思义，小的说话，一段说话，那么，你这个作家是怎么个说法呢？传统的小说观念里，一切说法都是手段而不是目的，描绘、表达人与事的，实际上，它不仅在描绘、表达人与事的，说法的本身就是一种目的。这便是现代小说的观念。

我们今天来探讨一下文学语言，当然主要指小说语言。

常用的语言里可以分叙述语言和对话。

先说叙述语言。

中国的汉语是世界上最丰富的语言。汉字的创造体现了东方人的思维和感觉以及独特的审美观。整体的，形象的，混沌的一种意象。汉语的创造可以看出中国人对世界的认知和把握。这一点，从《易经》的方法最能领会，也能从水墨画、茶、棋、中药、武术、气功等等方面领会。常用的汉字大约四千多个，相互搭配着就成了我们的语言。搭配的过程其实是在把握一种节奏，这同音乐一样。在我看来，一切歌曲都是把说话放慢拉长。而节奏是什么？是情绪的表现。也可以说，为了表现一种情绪来调整节奏。节奏与作家的气息的高低快慢急缓断续有关。这也就是说，语言与生命有着直接的联系。有生命就有上帝，上帝是存在于语言之中的。呼吸系统健康的人能写出长句子，哮喘之人的文章肯定使用最多的是短句。有这样的现象，我能从一个书法作品中看出作者的性格和生存环境以及他的命运。我曾让一个气血不畅的人去练《石门铭》，结果他的气血通畅，恢复了健康。有一个笑话，讲两个结巴吵架，一个是快结巴，一个是慢结巴，结果快结巴占了上风，慢结巴说不过快结巴，扑上去动手脚，被旁人拉开了。慢结巴说：他，他，他有，有，有，有什么强的，他就是比，比，比我，能，能，能换个气，气，气嘛！是的，语言的形成就是换气的结果。世上多个民族语言不同，也就是换气不同，气息形成的音响不同而已。人类和动物的语言区别也在这里。所以说，什么是好的小说语言？只要能准确地表达出小说中人与事的情绪的语言就是好的小说语言。

传统的语言学里，强调语言的朴素，准确，生动。这都是对的。实际的操作中，有的人语言很平实，有的人语言很华丽，有的人语言粗糙，有的人语言雅致。这与各人的性格有关，与天赋有关，与生命基因有关，敲击木头是一种声，敲击瓦罐是一种声，敲击金属是一种声。莎士比亚和屈原可能是语言最华丽的作家，海明威用的减法，福克纳用了加法。不能说谁强谁弱，各具特色。托尔斯泰说，幸福的家庭都是一样的幸福，不幸的家庭却各有各的不幸。世上的美人都是一个样，丑与丑的距离却很大。语言的艺术，包括一切的艺术。其秉性在于个性。好的语言要看整体，看是否表达出了人与事的情绪，而不在于它是否用了什么形容词。鲁迅的名句：窗外有两棵树，一棵是枣树，另一棵还是枣树。若平常看，这话多啰唆！可通过这两句话，传达了作者苦闷、无聊的情绪。巴金有一个作品，是写一个战士在前线作战时负伤昏迷，战争结束后，已是半夜，他爬着返回阵地的故事。这篇文章句子非常短，标点全是句号。大意是这么写的：他抬起头来。月亮就在山岭。他向前爬了一下。再爬了一下。卧在那里大声喘气。他动了动右腿。又努力向前蹬了右腿。又向前爬出了一尺。这个战士整整爬了一个晚上，天亮终于爬回了自己的阵地。试想，一个负伤的人动作是迟缓和艰难的，抬脚动手都要歇歇。那就只能用短句和句号了。如果都是长句或逗号一类的标点，那就用不着花一整夜的工夫来爬了。当然，在能充分表达出文中人与事的情绪外，语言的修饰能修饰就修饰，这就说到下面几个问题了。

要会用形容词。形容词最好的运用是自己独特的一种感觉。独特就是新鲜，别人没有用过。有句话说：第一个将美人比作花的是天才，第二个将美人比作花的是庸才，第三个将美人比作花的就是蠢材了。张爱玲的语言好，好在她细腻奇特，她有与生俱来的对事物的感觉，形容什么东西顺口而出，而且接连形容，如打水漂儿，石片在水面上一连串地跳闪而去。但是，当你挖空心思去形容的时候，反过来，你什么都不形容，你就达到了最好形容的效果。这是形容的两个方面。地平线上测树高是一种测，地平线上测树根的深也是一种测。杜甫写诗是白纸上写黑字，李贺的词是黑纸上写白字。形容月亮，你可以说是灯笼，是银盘，是香蕉，是橘子，是天之眼，是冰窟窿，但你说一句——月亮就是月亮，比前边的形容更好。我在初学写作的时候，喜欢从别人书上摘抄形容比喻好的句子。这当然对于启发和培养我的想象能力有好处，可我那时不懂整体的效果。现实生活中，有的人五官分别十分漂亮，但配在一起却并不漂亮；有的人五官分别来看都不标准，配在一起却生动有味，蛮有风韵。我们读一些诗，有的诗，每一句都有所谓的诗情，精心用词，但读完了，整首诗毫无诗意；有的诗每一句都是口语，很平常，可读完后整首诗诗意盎然。古人讲词不善意，得意忘形，就说的这回事。《山海经》上讲混沌的故事，混沌是没鼻没眼的，有人要为混沌凿七窍，一天凿一个，凿到七日，七窍是有了，混沌却死了。

要多用些动词。形容可以使语言产生韵致，但它往往是静态的，而任何东西一动起来才能表现出大的美感。生动，有生命的东西是动着的。语言中多用动词，用常人不用的动词，语言就有了场面感，有了容量和信息量，有一种质的感觉。杜甫在《兵车行》中有一句：牵衣顿足拦道哭。七个字用了四个动词，这七个字就能拍很长的一段电影。一般人用动词的地方，你用动词，一般人不用动词的地方，你也用动词，你的句子就会让人眼前一亮。

成语的还原。最爱使用成语的是中学生，所以，所谓的学生腔也就是成语用得多。成语是什么，如戏曲中的程式，它是在众多的形容面前无法表达而抽象出来的语言。但一抽象为成语它就失去了生命的活力。马三立有一个有名的相声段子，讲发明了一个机器，把一头牛从机器这头赶进去，从机器那头出来就成了牛肉罐头。成语就是牛肉罐头。文学语言需要好牛肉罐头从机器这边再塞回去，变成活生生一头牛。如万紫千红，就写一万个怎么个的紫，一千个如何的红。现在有许多名词，追究原意是十分丰富的，但在人们的意识里它却失却了原意，就得还原本来面目，使用它，赋予新意，语言也就活了。比如糟糕，现在一般人认为是不好、坏了的意思，我曾经这样用过：天很冷，树枝全僵硬着，石头也糟糕了。又如团结，现在人使用它是形容齐心合力的，我曾经写过屋檐下的蜂巢，说：一群蜂在那里团结着。这样运用一些司空见惯的词，新意就出来了。我们说语言要向古人学向民间学，向古人学，就是学他们遣词用句的精巧处，触一反三。而向民间学，留神老百姓口中的生动的口语。这些都得改造。民间的方言俗语有十分丰富的好语言，但不能过多使用歇后语和生僻词。要优雅，要改造为普遍能懂得的意思。现在是白话文时代，现实生活中的语言可以直接进入文学作品，这样可以使文学语言有一种现实感、生活感，这一句很重要。在中国北方语系，生活用语可以直接进入，而南方一些地方则需要转换，所以，直接进入的语言容易成为好语言，而需要转换的就困难了。别的地方我不大清楚，在陕西，民间土语是相当多的，语言是上古语言遗落下来的，十分传神，笔录下来，又充满古雅之气。我在《高老庄》里专门写到了这些。外界评价我的语言有古意，其实我是善于在民间寻那些有古意的土话罢了。现在兴比较文学，有许多文章很有意思，但我喜欢看外国人用汉语写的中国方面的书，这是因为中西文化在他那里首先得到了结合。我也看重民间土话中的那些古词，这些古词能在民间土语里它就有活力。

善于运用闲话。语言的运用形成了作家的风格，凡是有风格的作家也都是会运用闲话的。读沈从文、林语堂、老舍、孙犁和汪曾祺，会发现文章中常常有一些似乎无关重要的话。若是一般人，会删去这些话，而不伤害文章的原意。但是往往这些闲话使读者会心一笑，或觉得玩味不已。闲话可以产生韵味，使语言有了弹性。这样的句子在这些作家作品里比比皆是，如果有意识去读，你就会体会出来，受启发而借鉴。一般的作家，当然除过大天才外，你读他的作品读多了，就能读出他的思维脉络。能善于闲话的作家差不多都是文体作家，有性情，艺术天赋高，有唯美倾向，又是不过时的作家。

　　以上我所谈到的关于语言的学习，大致还归之为传统性文学作品的范畴，它和现代文学，更和现代小说还有所区别。传统性的小说的视点是全能全知的，现代性小说更注重以作者或以小说中某人物的视点进行。现代小说当然指具有现代意识，而现代意识说到底是人类意识。求变求新是现代意识的灵魂。现代小说讲究作家思想对真实性所发挥的作用，强调创造高于现实，并非只指外显的社会历史，还得创造心灵史和精神史，创造具体事物的诗性。那么，在叙述语言上要少作静态的描写，而具有了导入状态的功能。它是进行时态的语言。如博尔赫斯，博尔赫斯是很受中国作家推崇的外国作家，他的叙述方式颠覆了我们传统的叙述方式，使小说更具备了动感，获得了更大的精神空间。传统性的小说多写到的是人生、命运，现代性的小说多写的是人性、生命。现代小说有时可能并没有典型的人物，神奇的情节，或者有人物而没有姓名，按习惯看法不像小说，却更使小说独立为小说，与散文界限分明。博尔赫斯的小说，马尔克斯的小说，略萨的小说，你只要看看他们的开头，你就明白他们的语言是怎样一下子将你导入状态，你随着他们就走进一个漆黑的洞穴里，由他们的火把一点点照耀你进入。现在国内年轻的作家都在采用这种方式，从行文上看，再也不作那样描写式的写法，而是叙述。这种导入状态的功能是以伟大的弗洛伊德潜意识学说为基础的，提供了广阔的心理空间。《尤利西斯》这本难懂的书你可以什么都没有看懂，但你要看得懂他是怎样把潜意识的东西用语言传达出来的。比如我们写张三和李四说话，张三问你早饭吃的什么，李四说吃的稀饭。张三又问：下饭的菜呢？李四说：是咸菜。以传统的写法，我们就一问一答地写了。而乔伊斯不这么写，张三在问李四：你早饭吃的什么？张三是看着李四的，李四或许坐在窗前椅子上，但现实生活中张三问李四这一句话时，眼睛看着李四，眼里的余光一定就同时看见了李四身后的窗台上还放着一束花，窗子的帘布是红色的或白色的。这些他全看到了，但看到这些一定会反射在他的心里，觉得那束花好看不好看，花是谁送的，帘布合适不合适，是谁买的，又用过多久。这些都是潜意识，不会说出口，更不会影响到他在问李四你早饭吃的什么。乔伊斯却在一问一答中同时把这一切都写了出来。所以说，现代小说的语言更具有独立性，能直接达到目的。学习现代小说的语言，重要的一点就是改变旧的文学见解，要确立新的文学观。有了新的文学观才能真正地学到真髓。现在有人学个表面，或者全部的短句和句号，或者大量铺设进行煽情的长句和没标点，将意识流变成心理活动。

现在，再谈谈对话。我谈简单些，只谈一点，即它的功能变化。

在中国戏曲上，唱段是抒发心理情感的，即言之不尽而咏之，对白（对话）则是叙述的，承上启下，交代故事。中国戏曲上的这种办法被中国传统小说所采用，对话在小说中的功能当然也能起到塑造人物之效，但更多的还是情节过渡转化，或营造氛围。一般作品中的对话仅是交代，优秀作品则多营造渲染气氛，为塑造人物性格服务。现代小说则改变了，将对话完全地变为营造渲染气氛和抒写心理活动，可以说和中国戏曲的那一套颠了个个儿。对话成了现代小说展示作家水平高低的重要舞台。可以看出，现代小说中的对话就是对话，直抵精神，如一座水泥建筑上的窗户。在这里，潜意识得到泄露。所以，许多现代小说最难懂的部分就是对话。乔伊斯的《尤利西斯》恐怕是世界上最让人难读的小说，但它却是上个世纪最伟大的小说。我读它的时候，也糊糊涂涂，但我看懂了它的对话。我前面举过例子，他是在对话中充分把潜意识显示出来，而扩张、丰富着人的精神空间。

语言的学习和掌握，对于作家是一生不可松懈的工作，它的丰富和神秘充满了巨大的诱惑，深入进去，又极其艰难。它是作家最基本的使用工具，又是作家终生奋斗的目的。如书法一样，你整天面对的是那些熟悉的字，你却一辈子去写它总不能写好。又如钞票一样，说是一张纸，确是一张印有图案的纸，而这张印有图案的纸却能改变一切，颠覆一切。在我早年初学写作的时候，我有过许多采集语言的小本子，也曾把一些好听的民歌的曲谱以数字形式在绘图纸上标出分析平面节奏。现在回想起来，这些工作是必不可少的，那时仍也仅是作一些外在的功夫。如写书法，首先掌握毛笔，以至于要将毛笔训练成它不是毛笔而是身体上长出的东西。但是，真正把握语言，最重要的还是自己的内功，语言只是一个作家全部的修养的一种体现，如火之焰，珠宝之光，人之气质。

有这样的情况：你进入大的商场，或大的菜市场，人声鼎沸，你知道人人都在说话，但听不出都在说什么，是嗡嗡一片，语言的声波的节奏。走近了，你听出在说什么，并且能看出每个人的说话是肢体和面颜一起发出。语言是情绪的反映，这又回到我讲话的前边部分了。我记得黄苗子或黄永玉什么人说过一句话，他说，鸟在树上叫的时候，我们人并不知它在叫着什么内容，但觉得叫得好听，我们只欣赏它叫得中听就是了。那么，我今天谈语言，其实什么也谈不出来，我企图从写作者的立场去探究一些好语言的奥秘，或者说寻一些规律性的东西，但我无法把它的奥秘说出来。语言，世上一切声音都是上帝赋给各个物体的，它和各个具体的生命有关，你若不探索，似乎明白了一点，同时又在这一点上糊涂了，那么，我们就做欣赏者，去倾听而已。

我的讲话告一段落，谢谢大家。

贾平凹小传

姓贾，名平凹，无字无号；娘呼"平娃"，理想于顺通；我写"平凹"，正视于崎岖。一字之改，音同形异，两代人心境可见也。

生于一九五三年二月二十一日。孕胎期娘并未梦星月入怀，生产时亦没有祥云罩屋。幼年外祖母从不讲甚神话，少年更不得家庭艺术熏陶。祖宗三代平民百姓，我辈哪能显发达贵？

原籍陕西丹凤，实为深谷野洼；五谷都长而不丰，山高水长却清秀，离家十年，季季归里；因无"衣锦还乡"之欲，便没"无颜见江东父老"之愧。

先读书，后务农，又读书，再弄文学；苦于心实，不能仕途，拙于言辞，难会经济；捉笔涂墨，纯属滥竽充数。

若问出版的那几本小书，皆是速朽玩意儿，哪敢在此列出名目呢?

如此而已。